紅葉童話集

一葉 著

一葉（一九〇八年－一九三〇年）

葉剛，原名葉道生，別號破浪，筆名一葉，浙江人，左翼作家。多才多藝，劇本寫得好，戲也演得好。在曉莊師範的兩年多裡，先後創作了〈紅葉〉〈字樣和白紙〉〈優美的琴聲〉等童話。一九三一年陶行知將其作品整理出版了《紅葉童話集》。

總序一

兒童文學的歷史與記憶

林文寶

大陸海豚出版社所出版之中國兒童文學經典懷舊系列，要在臺灣出版繁體版，這是臺灣兒童文學界的大事。該套書是蔣風先生策劃主編，其實就是上個世紀二、三十年代的作家與作品，絕大部分的作家與作品皆已是陌生的路人。因此，說是經典有失嚴肅；至於懷舊，或許正是這套書當時出版的意義所在。如今在臺灣印行繁體版，其意義又何在？

考查各國兒童文學的源頭，一般來說有三：

一、口傳文學

二、古代典籍

三、啟蒙教材

而臺灣似乎不只這三個源頭，綜觀臺灣近代的歷史，先後歷經荷蘭人佔據三十八年（一六二四—一六六二），西班牙局部佔領十六年（一六二六—

一六四二），明鄭二十二年（一六六一—一六八三），清朝治理二〇〇餘年（一六八三—一八九五），以及日本佔據五十年（一八九五—一九四五）。其間，相當長時間是處於被殖民的地位。因此，除了漢人移民文化外，尚有殖民者文化的滲入；尤其以日治時期的殖民文化影響最為顯著，荷蘭次之，西班牙最少，是以臺灣的文化在一九四五年以前是以漢人與原住民文化為主，殖民文化為輔的文化形態。

一九四五年十月二十五日國民黨接收臺灣後，大陸人來臺，注入文化的熱血液。接著一九四九年十二月七日國民黨政府遷都臺北，更是湧進大量的大陸人口。而後兩岸進入完全隔離的型態，直至一九八七年十一月臺灣戒嚴令廢除，兩岸開始有了交流與互動。一九八九年八月十一至二十三日「大陸兒童文學研究會」成員七人，於合肥、上海與北京進行交流，這是所謂的「破冰之旅」，正式開啟兩岸兒童文學交流歷史的一頁。

其實，兩岸或說同文，但其間隔離至少有百年之久，且由於種種政治因素，目前兩岸又處於零互動的階段。而後「發現臺灣」已然成為主流與事實。

因此，所謂臺灣兒童文學的源頭或資源，除前述各國兒童文學的三個源頭，又有受日本、西方歐美與中國的影響。而所謂三個源頭主要是以漢人文化為主，其實也就是傳統的中國文化。

臺灣兒童文學的起點，無論是一九〇七年（明治四〇年），或是一九一二年（明治四十五年／大正元年），雖然時間在日治時期，但無疑臺灣的兒童文學是屬於華文世界兒童文學的一支，它與中國漢人文化是有血緣近親的關係。因此，了解中國上個世紀新時代繁華盛世的兒童文學，是一種必然尋根之旅。

本套書是以懷舊和研究為先，因此增補了原書出版的年代（含年、月）、出版地以及作者簡介等資料。期待能補足你對華文世界兒童文學的歷史與記憶。

林文寶，現任臺東大學榮譽教授，曾任臺東大學人文學院院長、兒童文學研究所創所所長、亞洲兒童文學學會臺灣會長等。獲得第三屆五四兒童文學教育獎，中國文藝協會文藝獎章（兒童文學獎），信誼特殊貢獻獎等獎肯定。

原貌重現中國兒童文學作品

蔣風

今年年初的一天，我的年輕朋友梅杰給我打來電話，他代表海豚出版社邀請我為他策劃的一套中國兒童文學經典懷舊系列擔任主編，也許他認為我一輩子與中國兒童文學結緣，且大半輩子從事中國兒童文學教學與研究工作，對這一領域比較熟悉，了解較多，有利於全套書系經典作品的斟酌與取捨。

一開始我也感到有點突然，但畢竟自己從童年開始，就是讀《稻草人》《寄小讀者》《大林和小林》等初版本長大的。後又因教學和研究工作需要，幾乎一而再、再而三與這些兒童文學經典作品為伴，並反復閱讀。很快地，我的懷舊之情油然而生，便欣然允諾。

近幾個月來，我不斷地思考著哪些作品稱得上是中國兒童文學的經典？哪幾種是值得我們懷念的版本？一方面經常與出版社電話商討，一方面又翻找自己珍藏的舊書。同時還思考著出版這套書系的當代價值和意義。

中國兒童文學的歷史源遠流長，卻長期處於一種「不自覺」的蒙昧狀態。而清末宣統年間孫毓修主編的「童話叢刊」中的《無貓國》的出版，可算是「覺醒」的一個信號，至今已經走過整整一百年了。即便從中國出現「兒童文學」這個名詞後，葉聖陶的《稻草人》出版算起，也將近一個世紀了。在這段不長的時間裡，中國兒童文學不斷地成長，漸漸走向成熟。其中有些作品經久不衰，而一些作品卻在歷史的進程中消失了蹤影。然而，真正經典的作品，應該永遠活在眾多讀者的心底，並不時在讀者的腦海裡泛起她的倩影。

當我們站在新世紀初葉的門檻上，常常會在心底提出疑問：在這一百多年的時間裡，中國到底積澱了多少兒童文學經典名著？如今的我們又如何能夠重溫這些經典呢？

在市場經濟高度繁榮的今天，環顧當下圖書出版市場，能夠隨處找到這些經典名著各式各樣的新版本。遺憾的是，我們很難從中感受到當初那種閱讀經典作品時的新奇感、愉悅感、崇敬感。因為市面上的新版本，大都是美繪本、青少版、刪節版，甚至是粗糙的改寫本或編寫本。不少編輯和編者輕率地刪改了原作的字詞、標點，配上了與經典名著不甚協調的插圖。我想，真正的經典版本，從內容到形式都應該是精致的、典雅的，書中每個角落透露出來的氣息，都要與作品內在的美感、精神、品質相一致。於是，我繼續往前回想，記憶起那些經典名著的初版本，或者其他的老版本——我的心不禁微微一震，那裡才有我需要的閱讀感覺。

在很長的一段時間裡，我也渴望著這些中國兒童文學舊經典，能夠以它們原來的面貌重現於今天的讀者面前。至少，新的版本能夠讓讀者記憶起它們初始的樣子。此外，還有許多已經沉睡在某家圖書館或某個民間藏書家手裡的舊版本，我也希望它們能夠以原來的樣子再度展現自己。我想這恐怕也就是出版者推出這套書系的初衷。

也許有人會懷疑這種懷舊感情的意義。其實，懷舊是人類普遍存在的情感。它是一種自古迄今，不分中外都有的文化現象，反映了人類作為個體，在漫長的人生旅途上，需要回首自己走過的路，讓一行行的腳印在腦海深處復活。

懷舊，不是心靈無助的漂泊；懷舊也不是心理病態的表徵。懷舊，能夠使我們憧憬理想的價值；懷舊，可以讓我們明白追求的意義；懷舊，也促使我們理解生命的真諦。它既可讓人獲得心靈的慰藉，也能從中獲得精神力量。因此，我認為出版本書系，也是另一種形式的文化積澱。

懷舊不僅是一種文化積澱，它更為我們提供了一種經過時間發酵釀造而成的文化營養。它為認識、評價當前兒童文學創作、出版、研究提供了一份有價值的參照系統，體現了我們對它們批判性的繼承和發揚，同時還為繁榮我國兒童文學事業提供了一個座標、方向，從而順利找到超越以往的新路。這是本書系出版的根本旨意的基點。

這套書經過長時間的籌畫、準備，將要出版了。

我們出版這樣一個書系，不是炒冷飯，而是迎接一個新的挑戰。

我們的汗水不會白灑，這項勞動是有意義的。

我們是嚮往未來的，我們正在走向未來。

我們堅信自己是懷著崇高的信念，追求中國兒童文學更崇高的明天的。

二〇一一年三月二〇日

於中國兒童文學研究中心

蔣風，一九二五年生，浙江金華人。亞洲兒童文學學會共同會長、中國兒童文學學科創始人、中國國際兒童文學館館長。曾任浙江師範大學校長。著有《中國兒童文學講話》《兒童文學叢談》《兒童文學概論》《蔣風文壇回憶錄》等。二〇一一年，榮獲國際格林獎，是中國迄今為止唯一的獲得者。

目錄

紅葉

可愛的秋天到了！田裡鋪滿著金黃色的地毯。青山換了一件紫紅大袍，美麗得像晚霞一般地嬌豔！樹呀，草呀，都披上深紅的舞衣，大家烈熱地歡笑著，舞蹈著，歌唱著歡迎這位嬌麗的娟媚的秋姐！啊，這是多麼快活喲！

但是，有一片美麗的葉子，她卻偏偏在這般可喜可樂的時候，感有一種莫大的悲傷呢！

她是楓樹太太的孩子，楓太太是何等地愛喜她喲！她把她的女兒縛在自己的手指上，一天到晚不捨得讓她離開自己一步。她小心翼翼地養育她，教導她；唱歌，跳舞，裝飾。啊！像楓太太這樣慈愛的母親，是很少有的了！但是美麗的葉子，她卻因為她母親這等愛她，所以才不高興呢！她哭泣著，不斷地嘆氣著說：「唉！這種生活，我再不願意過了。每天像坐在監牢裡一般沉悶，唉……」她接著又說：「看吧：可愛的小鳥能夠隨意地飛跑，他能夠看見那汪汪的大洋（是小鳥告訴她的），又能夠看到那終年積雪的高山，還能夠同許多天真活潑的小朋友，在一處唱歌，談笑，還有……啊！他們真快活呀！要到哪裡就到哪裡，要做什麼就做什麼。但是我呢？唉，可憐的我喲！只是像一枚爛鐵釘似的，釘在我母親的手指上。」她這樣地嘆息著，「沙沙」地響著。但是她的聲音太小了，她的母親雖然看到她的臉色，漸漸地發黃了。而且也因此擔憂；但是她從來沒有聽到她女兒的嘆氣。至於說葉子的發黃和嘆氣的原因，是因為她太愛她的緣故，這更是楓太太做夢都想不到的。

「美麗的葉子姑娘，你為什麼這樣愁悶呢？」一隻小螞蟻，旅行到她的身邊，這樣問。

「啊！和藹的旅客喲，你去告訴我的母親吧，說我也要旅行去了！」

「真的嗎？美麗的姑娘，你是為什麼要旅行呢？」

「真的，我親愛的旅客，我勞你去告訴我的母親，說我再也不能在這個監牢似的地方住下去了。你請她不要再縛住我的身體，因為我預備到外面去，好好地去快活快活！」

「啊！親愛的姑娘，你倘若不是說著玩的，那末就請你不要再這樣說了。你要想出門去找快活嗎？咳！我老實告訴你吧！世界上能像貴府這樣和平，這樣快活的地方，再也找不到了。這些事我是很清楚的；因為我小時，也像你這樣想的，覺得自己的家裡太不好玩了。所以就決定做一次長期的旅行，想要在這個世界上，找到一個快活的、好玩的地方住下去。可是我從小就出門，一直找到現在，人是老得這個模樣了，然而快活的，好玩的地方在哪裡？唉！想起來真不如回到家裡去呢。……」葉子姑娘覺得奇怪了。她不等小螞蟻說完，就攔住問道：「你到過一些什麼地方呢？」

「這是記不清楚了。因為經過的地方太多了。不過像灶山國，飯桌市，鞋裡州……這些大地方，我是永遠不會忘記的。」

「這些地方，有洶湧的大浪嗎？有不化的積雪嗎？」（這些都是小鳥告訴她的）

「什麼？你說外國語嗎？什麼是『大浪』呢？什麼是『積雪』呢？」

「你沒有到過那汪汪的大洋和那終年積雪的高山嗎？」

「是不是硯池裡的水溝和南貨店裡的大白糖缸呢？」

「不是，不是，啊！那都是最好玩的地方喲！在那大海洋裡，可以看到像雲一般的船帆，而且是接一連二地布滿在海裡，好像一座偉大的城牆呢！還有那高山上終年堆著白雪，好似一個白銀的世界呢！」

「你怎麼知道的？」

「是小鳥兒告訴我的。」

「啊！對不起，這些地方我實在連聽都沒有聽過喲！」

「那末，老先生，請你去向我的母親說，叫她放了我，讓我到那些好玩的地方去玩一個痛快吧！」

小螞蟻很忠誠地答應了。他起勁地爬到楓樹媽媽的耳朵裡，站在那裡拼命地喊著。但是他的聲音比葉姑娘還來得小。所以他叫啞了喉嚨，也叫不應楓媽媽。

美麗的葉子姑娘失望了，她拼命地把身體搖動著，想要搖脫她母親的牽縛。她盡力「沙沙」地呼喊著，想叫她的母親能夠聽到。但是什麼都不成功，可憐的小葉子更加苦悶了。她嘆氣的聲音也更加悲慘了！

蜜蜂飛到她的身邊，聽到她的嘆氣，也同小螞蟻同樣地同她談了一場話。她又問蜜蜂道：「親愛的哥哥，你知道雪山和大海的故事嗎？」但是蜜蜂也驚訝得什麼似的。她說這些地方連聽都沒有聽過呢。後來她又託他去通知楓太太，可是他的聲音，雖然比葉子、螞蟻都來得大了。但是對於一位上了年紀的老太太，實在是一點回應都沒有呢？！

美麗的葉姑娘這時更加失望了。她想：「也許我的母親是一個聾子吧。不然，為什麼連蜂哥那樣的大喉嚨都聽不到呢？」

秋風來了，他是一位慈愛的老伯伯。他看見葉子愁容滿面的樣子，很不放心地問道：「葉姑娘，為什麼嘆氣呢？」接著說：「你同哪一位姐妹打了架嗎？」

「這位先生尊姓？」葉子很親熱地問秋風。

「我姓秋名風，同你母親是好朋友呢。你告訴我為什麼嘆氣喲？」

「啊！就是秋風先生嗎？我告訴你吧，我想要出去旅行。但是我的母親死也不理我，所以我嘆氣了——秋風先生，我請你幫忙好嗎？」

「這是很容易的。因為我每年這個時候，都要來帶你們的姐妹出去遊玩的。不過，我告訴你，外面並不比家裡好呢？！」

「但是小鳥告訴我，外頭是如何地自由呀！如何地好玩呀！」

「你同他是不能比的，因為他是一位旅行的專家。世界上一切的規矩他都知道。所以他在全世界上，好像你在楓媽媽的懷抱裡，一樣的安靜的。」

「這是為什麼呢？」

「因為他的見識豐富。」

「那末我也得出去見識見識喲！」

「難道你真非出去不可嗎？」

「是的，因為我在家裡住厭了。」

「那末我就去向你母親說吧！」他說著呼的一聲叫，楓樹的老根都戰抖著，起來迎接了。

楓太太答應她的女兒的要求了。她還替葉子換上一件新的，紅色的旅行裝。這位美麗的葉子，穿上這件漂亮的衣服，現在更加顯得美麗可愛了。秋風先生還給她取了一個名字，叫做紅葉。她快活極了。她向楓媽媽深深地接了一個吻。再給秋風先生熱烈地擁抱了一回，她就離開家庭，到廣漠的世界上去旅行了。

啊！這是多麼快活喲！她看到那戴紅帽子的，短腳的雞先生，那披白綢舞衣紅嘴唇的鵝姑娘，那穿華麗的衣服的，走路搖搖擺擺的鴨公子，那……啊！她看得手舞足蹈起來了。她看見地上一切的東西，都覺得新奇，有趣，好玩。因為她住在那高高的半空中，這些是從來沒有見過的。她把所有的東西都細細地觀察一番，好像有意要把全世界裡所有的東西都要認識得會背誦才罷。

她覺得好玩極了。在這麼大的世界上，有這許多有趣味的，好看的東西可以給她隨意地遊玩，隨意地觀看，這種的快活，真非坐在楓太太的家裡所能夢想得到的。

她到了一所開滿了野花的草場上。那裡有結果子的小樹，有芬芳的花朵和柔軟的青草。還有許多勤儉的母雞，在那些小果樹底下，翻著泥土。這時，美麗的紅葉看見一顆鮮紅的果實，赤裸裸地睡在地上，她恐怕他要受了冷，凍壞了身體，所以就用她自己去蓋住他。她伏在芬芳的紅果上，將他緊緊地抱在胸頭，像母親抱著孩子一般。不久他們沉沉地睡熟了。

這時有一隻老母雞，走到紅葉姑娘的旁邊，她看出紅葉底下有一顆鮮紅而甜蜜的果子。她氣極了。她氣得像凶獸一般地罵道：「要你來管什麼閒事喲！」接著又狠狠地在紅葉的背上啄了一口。然後把紅果拿去，分給一隻老朋友公雞先生吃了。啊唷！紅葉這時是何等的疼痛呀！她拼命地叫喊道：「啊！這是為什麼呢？

我來保護一位沒人保護的赤裸裸的果子，難道這是不應該的嗎？是做錯了事嗎？啊！好痛喲！我的背上給老母雞啄破了一個大洞了……」

秋風聽到紅葉的呼喊了。他連忙從雲頭上下來：「小姑娘，你為什麼這樣哭喊呢？！」

「啊！秋風先生喲，我為保護一位可憐的果子而被老母雞啄破了我的背脊了！」

「美麗的姑娘，勇敢些，這還是小事呢！我曾告訴你的：外面是並不見比家裡好些。世界是到處都一樣的——在家裡，生活是很平淡的，但是苦痛也少些。在外面，生活上是活動些，但是危險的，痛苦的事情，也跟著快活的程度上來了。」

秋風的話，紅葉是聽不懂的，她非常驚奇地問：「老母雞為什麼要欺侮我呢？我在她的身上，並沒有得到什麼快活喲？！」

「但是紅果子是母雞最喜歡吃的。你藏起了她最愛吃的果子，看見她又沒有好好地向她招呼，所以她氣了。」

「啊……」紅葉明白了。她牢牢記住秋風對她說的話：「……要好好地向人招呼！」

過了幾天，紅葉背上的創痕漸漸好了。她又開始旅行了。

在一條山路旁邊的草叢裡，她看見有一位灰色的兔少爺，豎起兩隻長耳朵，屈下後腿當凳坐在那裡想心思。這次，她要好好地前去向他招呼了。她慢慢走到兔少爺的面前，先點了一點頭，再這樣問道：「哲學博士，你在想什麼困難的問題呢？」

兔少爺正在想著今晚和兔小姐相會時的對話，忽然聽到一個聲音，他以為是獵狗追來了。把他嚇得一大跳。但他仔細一看原來是一張紅葉子，他氣極了，馬上就張起嘴來，恨不得一口就將她吞下去。啊唷，這一次把她的靈魂都嚇跑了。幸得秋風先生剛從這裡經過。看見她正在難以逃脫的時候，馬上抱著她就飛走了。在路上，紅葉把這次的遭遇原原本本地告訴秋風。

秋風嘆著氣說：「這些都是世界上許多規矩裡面的一種。你要曉得，當別人在想心思的時候，是不能去擾亂他的。」

紅葉又是不懂，她想：「有問題，獨自一個人在那裡想，總不如給大家來想好些吧？！」

現在紅葉又想起小鳥曾告訴她的——小孩子最可愛的——一句話了。她別了秋風，走到一個小學校裡。她站在玻璃口，靜靜地聽著課室裡的琴聲，歌聲，出神地看著那小天使一般的小孩，在那裡伴著琴歌的節奏，舞蹈著：「啊！這些像白雲一般飛舞，是多麼的可愛呀！」她不知不覺地這樣高喊起來。這時剛有一位小姑娘，從這玻璃窗前經過，她聽到視窗上，有「沙沙」的一聲，回頭一看，是一張美麗的紅葉子。她連忙伸手捉住紅葉，立刻送給她的先生看：「先生，看呀！這張紅葉是多麼可愛呀！」

「啊！真不錯。你去拿枚針線來，我替你把她穿起來，布置在課室裡好嗎？」

「喔。」小姑娘應得一聲，飛跑般去拿針線了。

「啊唷，啊唷！請你放了我吧！」紅葉聽到那位先生的話，嚇得大叫起來。但是，一個染上了大人氣味的人，他的耳朵，是聽不到這種微小的聲音的。所以紅葉喊破了喉嚨，都不能叫那位先生聽到。小姑娘把針線都拿來了。但是她跨進門，就聽到紅葉的喊聲。她說：「先生，美麗的紅葉哭了。她怕痛呢。她拼命喊著，請你放了她，因為她不願意這樣穿起來呢！」

「不，你不要說謊話。她是不會喊，也不會哭的。你快把針線給我。」

「但是她真的哭了，你沒有聽見嗎！哪！她還請求你放了她呢！」

「好！讓你去吧。」他說著狠狠地把紅葉向地上一丟。剛好這時來了一陣風，把她帶走了。美麗的紅葉在秋風的懷抱裡，快樂地舞蹈著，向那位可愛的小姑娘告別了。她說：「親愛的小姐姐，我永遠不忘記你。祝你幸福！」小姑娘也向她同樣地祝福。但是她是如何不捨得紅葉走喲！她的眼眶裡含滿著離別的情淚。望著紅葉在天空中舞蹈。她走遠了，連一點點影子都看不見了，她才轉回頭去，用筆在紙上畫著一張紅葉。再在畫上題著——紅葉姑娘像——幾個字。她寫好之後，就把它放在自己的照相框裡，作為永遠的紀念。

在路上，紅葉又把這次的遭遇通通報給秋風聽，然後這樣驚訝地問道：「可愛的風先生，那位很大的先生，為什麼說我是不會哭的，也不會喊的。這是什麼意思呢？」

有經驗的秋風這樣的告訴她：「因為一個人，長大了，他的心，耳，目也都變大了。因此有許多小的聲音，小的問題，他就不去注意了。同時他們還要假充什麼都曉得一樣。因此，漸漸地，漸漸就真的聽不到，看不見了。」風伯伯接著又說：「我親愛的紅葉姑娘，你現在會相信，在外面並不見比家裡快活吧！」

「但是我不相信，世界都像我所經過的那樣稀奇的！」

「那末你還想去旅行嗎？」

「是的，我要繼續下去，我一定要找到我所理想的快活。」說著她又別了秋風，向一座繁華的都市裡走去。她想：「那裡一定有我的快活了。」

她看見仰望不到頂的大洋房，看見洋房裡面排著許多花花綠綠的衣服和極精美的用具。還看到許多不做事的人，穿著滿身極華麗的衣服，坐在大菜間裡，喝著如血液一般紅的葡萄酒。吃著香味溢鼻的，極珍貴的菜蔬，他們是快活極了。紅葉想道：「啊！這裡的人是多麼適意喲！他們住的，穿的，吃的都是這樣講究。這裡一定是最快活的地方了。」

但是不久，她心裡的快活又被打消了。她看到街上有許多人，是穿著破衣服的，吃黑麵包的，晚上是在街邊亂睡的，但是他們還要一天到晚地工作著，做得筋疲力倦。她奇怪得喊起來了，「喂，這又是什麼規矩呢？有這樣好的房子，衣服，用具空著沒有人用。但是沒有得用的人，又不去拿，不做工的人，吃的喝的那樣好的酒菜，但是一天到晚做工的人，倒反吃著那樣乾燥無味的黑麵包。啊！這是為了什麼呢？你們都是瘋子吧？不然，為什麼定起這樣奇怪的規矩呢？！」她這樣喊著，走著，幾乎要發狂了。但是那些窮苦的工人、闊氣的先生們，都不能聽到她的聲音，也沒人注意她的行狀。

不久，她又到了一所極華麗的洋房裡。那房裡的地板，是用潔白的天鵝絨鋪的。壁上掛著許多極美麗的畫片，照相。還有幾張發亮的桌凳和茶几。啊，把一個生在冷落的鄉下的紅葉，弄得頭昏眼花了，她簡直是摸不著自己的頭腦，不知道自己是在什麼地方。不過，過了一刻，也就沒有什麼了。

她在那美麗的地板當中，靜靜地坐著，望著室內一切的布置。她想：「這裡確是一個好地方。我想在這裡多住幾天是很快活的……」

美麗的紅葉正在想著她心中的計畫。忽然有一個穿得很漂亮的少年跑進房來，眼看見地上的紅葉，露出極不滿意的目光，向她看了一眼。接著就狠狠地咒罵起來：「何媽，你吃了飯做什麼的，讓葉子攤在地毯上，這是多麼難看喲！」

少年的咒罵未了，就有一個白髮蒼蒼的老媽媽出來，大概就是何媽了。她連忙拿著一把掃帚，把紅葉掃進箕裡，倒在一隻臭氣難聞的垃圾箱裡。啊！紅葉姑娘是何等地喊叫呀！她說：「我不願意在這裡，我不願意在這骯髒的垃圾箱裡。」但是有誰去理她呢！

可憐的紅葉，她羞得臉更紅了，不絕「沙沙」地嘆氣。在這個又臭又黑暗的像死城一般的箱子裡，悶得連氣都透不過來！這時候，她相信秋風的話了，她相信苦痛是跟著快活的。不是嗎？快樂的時候剛剛來到，莫大的痛苦接著就跟來了。啊！可憐的小紅葉喲！她一個人躺在那又臭又悶的死城裡，叫喊著，悲嘆著，但是有誰知道她呢！

這樣經過了許多時候，有一天，那座大房子裡有一位美麗的姑娘，忽然發覺丟了一隻寶石的戒指。她找遍了地角壁縫，都沒有找到。最後她親自到這個平時使她討厭的垃圾箱裡來尋找了。

果然，那顆光彩四射的寶石戒指，就在這個垃圾箱裡找到了，同時這張美麗的紅葉也給她看見了。她連忙把她抱起來，這樣說：「喔！這張紅葉多可愛呀！怎麼把她放在這個不相宜的地方呢？！」說著，很快活地帶她到房裡去了。

「何媽，你拿這張紅葉，用溫暖的開水來洗一洗乾淨。」

現在，紅葉洗澡了。她身上一切的臭味、骯髒都乾淨了。哈！這是多麼開心喲，她又快活了。但是她也覺得奇怪了。她記得前次把她丟在垃圾箱裡的是何媽，今天給她洗澡的又是何媽。這個何媽，到底是怎麼樣的一個人呢？她一下棄我，一下又愛我，這到底是什麼規矩呢？她正想請問的時候，何媽已經將她交給那位美麗的姑娘了。

那位姑娘，是一個極溫和而又漂亮的女子。她用美麗的手帕，揩乾紅葉身上的水，很小心地把她放在一本精美的日記裡，讓她在裡面好好地休息一下。她時常和她親嘴，每次看見紅葉的時候，總是笑眯眯地，對她說：「美麗的小紅葉，你睡得舒服嗎？」每次離別的時候又這樣說：「親愛的小紅葉，你到我的日記簿裡去，好好做一個甜夢吧！」

紅葉姑娘的確很快活。她每天能夠同那位和藹的姑娘親嘴。她那鮮紅的櫻唇是多麼的甜蜜，多麼地醉人喲！她還時常向她低低地唱出好聽的歌曲，慢慢地講著極有趣的故事。她時時刻刻這樣陪著紅葉的。就是分離的時候，也不過是放在她的衣袋裡。她很祕密的做著這件事。除了紅葉和那位姑娘以外，就是那位經手的何媽，也夢想不到她倆是這般親熱的。

有一天，那位姑娘，不知怎樣，出去的時候，把那本精美的日記簿，忘記帶了。當她出門的時候，不久就有一位少年，跑進她的房間，發覺這本祕密的日記了。

他像瘋狗挖土一般地，掀開那本小冊子，一頁一頁地翻著看。忽然，這張美麗的紅葉，就落在他的眼裡了。他發狂似的，吻著她，簡直吻得紅葉連氣都轉不過來喲！

但是小紅葉是怎樣地不願意啊！她哭喊著。她這樣哭喊著：「啊！你不是叫何媽把我丟到垃圾箱裡去嗎？為什麼現在又來吻我呢？去，不要臉的！去喲！」

可憐的紅葉，她對於世界，真愈弄愈不清楚了，愈弄愈覺得奇怪而莫名其妙了。她覺得有莫大的不幸要碰到一般。她害怕得震慄著全身，她想在這個摸不著頭腦的世界裡倘若再住下去，恐怕要連自己的身體都會找不著了。

晚上，那位可愛的姑娘回來了。她一到房裡就同紅葉親吻，問好。可是紅葉的興趣不在這上面了。

她哭喪著臉，向那位姑娘，悲訴她今天的遭遇，和她心中的無限的悲痛和鬱悶。她懷疑世界上所有的規矩，和一切人（？）的行為。她切望著她的伴侶！那位美麗的姑娘——給她一個詳細的解釋和安慰。但是她已經是一個大人了，她雖然是極烈熱的愛她，然而紅葉心中的苦悶她是完全不能明瞭喲！啊！可憐的紅葉喲！有誰能明瞭你的心事呢！

一九二九，九，二三寫在苦悶中。

字樣和白紙

在印刷局裡的一張檯子上，住著許多各式各樣的木板字樣。他們不分「人」「魚」「鳥」「獸」「草」「木」「花」「蟲」……一個接著一個地擠著，簡直連轉一轉身的空地都沒有了。但是他們還不能很安靜地，不聲不響的住下去。因為那裡有凶狠的「獅子」，它時常要追逐著小兔，以及比它弱小的一切的小野獸，那裡又有殘酷的「王」「將」「兵」「官」，他們憑著「刀」「槍」「炮」的勢力，一年到頭不做一點事情，而且還要許多的「姑娘」「奴婢」去服侍他們。他們要「農夫」送最好的白米給他們吃。要「漁翁」送最鮮美的大魚給他們下飯。要「木匠」「裁縫」……造最華麗的宮室衣服給他們住，穿。其實他們也是一塊木頭的字樣。而且他們的大小，他們的來歷和功用也都和「農夫」「工人」「商人」等同一個樣子。不過這些問題，他們——一切的字樣——是從來沒有想到的。

那裡還有「哭」，他因為有兩個嘴，所以一天到晚總是扁著嘴亂嚷亂叫，弄得大家都不願意看見他。但是他是「小孩子」和「婦女」的好朋友，所以他時常跑到「小孩子」和「婦女」的家裡去住著。

那裡還有「笑」，她是一個很和善而快樂的姑娘，她看見高貴的「太太」也笑。看見窮苦的「乞丐」也笑，總之，她是無時無刻不在笑的，因此，大家都極歡迎她。但是她同「哭」是一對永遠的冤家啊！因為「哭」是不管什麼時候，看見什麼東西，都是掙著兩個大嘴，哭個不了的。但是等「笑」一走進了門，「哭」就要被人趕走了。因此他時常這樣罵著：「有什麼好笑呢，一天到晚總是撕開嘴巴，哈哈地笑個不息。這種行為，在我看來是最可恥，最沒有意思了。」

「笑」聽見「哭」的話，更哈哈大笑起來。她說：「哈，真要笑斷了我的肚腸了。你這個討厭的哭貨，看見什麼事情都是扁著兩個嘴巴，嗚嗚地大哭；我看你這種行為真是沒有意味極了；你真是一個萬人厭的東西。想吧，人家看見你在那裡同『小學生』和『婦女』們遊玩的時候，他們總是說：不要『哭』不要『哭』，『哭』有什麼用呢？但是你還當作沒有聽見一樣，強要躲在他們——『小孩子』和『婦女』——的懷裡，或在被窩裡。可是我，是人人喜愛的。……」「哭」不等笑說完就大哭起來，把全檯子的字樣都帶著哭起來了。但是「笑」看到這種形狀，卻狂笑得幾乎合不起嘴來。因此，這個檯子上的字樣就你喊一句，他擠一下，弄得天翻地覆，差些兒把檯子都要弄倒了。——其實這就是字樣們的世界：因為那上面，有山，有水，有人，有鳥……總之有世界上所有的一切。

「啊唷，我的頭被人擠掉了。」「土」字看見「王」字比自己多一個頭，以為他的頭是被別人擠掉了。

「啊唷，我的尾巴不見了。」「由」字看見他的哥哥——「申」字——有一條尾巴，以為自己的尾巴不見了，所以這樣大叫起來。

啊！鬧極了。他說碰壞了眼睛，你說碰斷了鼻頭，簡直像電廠公司裡的機房一般地嘈鬧了。

這時，這種嘈雜的聲音被一個排字的工人聽見了，他看見一個個字樣都像在打架似的，弄得「嘰哩咕嚕」地響。於是他連忙跑來站在檯子的旁邊，驚奇地問：「咳！你們怎麼了？為什麼這樣地不安靜呢？」

「啊！這個地方太小了。我們一轉動，就要碰破了頭或擠落了耳朵。啊唷！我們真不舒服極了。」

「那末你們就靜靜地不要走動就好了。」

「啊！我們哪裡有這種福氣呢？這種適意的日子只有我們的『王』『兵』

『官』……等才能夠享受呢。因為他們是不做事的。但是我們哪裡可以不做事呢？」

「喲！你們也是這樣的嗎？」

「難道你的國裡也有同樣的形象嗎？」字樣們問。

「是的，我們的國裡同你們方才所說的，是一樣的情形呢。」

「呸！你們在議論什麼呀？」「王」字樣說，「難道你們要造反嗎？要革命嗎？……喂！」——叫「將」「兵」「官」等字樣——「你們來把這些造反的匪盜捉起來。」

「啊約！官兵捉人了。不得了呀。他們都用鋒利的刀來殺國民了！」

「先生」，那許多被難的字樣向排字的工人呼叫：「請你快把我們的城門開了，讓我們逃走吧！」

因此排字工人馬上就抽去了裝字樣盒子邊板。於是那幾千幾萬個的各種各樣的字樣，都拼命地跑出來了。「喔！天呀！總算是逃出來了。」

「你們逃出來了，就算完了嗎？」排字工人對字樣們問：「你們還有年老的『爸爸』『媽媽』和年輕的『弟弟』『妹妹』，他們因為逃不動而被官兵捉去，關在地牢裡呢。」

「不，我們要把他們接出城來，和我們同到一個自由的快活的國裡去。」

「但是哪裡有一個現成的如你們所理想的國度呢？」

「什麼？難道世界上所有的國家，都像我們的故國一般地黑暗和不自由嗎？」

「怎麼不是呢，而且有許多國裡的國民，比你們還要受痛苦呢，不過他們是到現在還沒有像你們這樣覺得；這一切的痛苦都是『王』『官』『兵』等字樣給你們的。因此，他們低著頭半聲不響地做著國王的奴隸哩！」

「啊？這樣的嗎？但是，我們一個個都是赤手空拳的，又怎能同那些有刀有槍的『官兵』們打仗呢？」

「不，『王』，一個國裡只有一個，『官』『將』也是很有限的，但是『兵』，是同情於你們的，因為他們都是你們的父兄。不過他們都被『將』『王』的威嚴——其實他們所謂的威嚴就是『兵力』——壓倒他們。所以才這樣地聽他們調動的。可是你們呢？你們的數目是比他們多得幾千萬萬倍了。並且你們只要把『王』『將』『官』『兵』的凶暴，以及他們的只吃而不會做的行為，向全世界裡的人類說明了，那末你們的同情者就如海潮一般地洶湧，而『王』『將』『官』等將立刻就變成滔滔浪潮裡的幾片落葉了喲！」

「他們會相信我們的話嗎？」字樣們很感動的問。

「是的，這確是一個問題。不過我可以介紹你們到你們的遠房兄弟——紙先生那裡去，請他把你們所有的遭遇和『王』『官』『將』『兵』殘殺的情形都攝成照片——就是書——然後把這些照片轉送到全世界所有人類的面前，這是很能得到他們的同情的。」

這時有一位「樹」字樣，他聽到排字的工人說，紙先生能夠幫助他們，於是他就自告奮勇去向一張雪白的桃林紙打招呼了。

他說：「好兄弟！你願意給我們攝影嗎？」

桃林紙，看見一位滿臉漆黑的字樣呼他兄弟，他心裡非常不快活。因此狠狠地向「樹」字樣這樣罵道：「吥！我哪裡來得一個這樣黑臉的兄弟喲！你仔細看一看，莫非看錯了人吧？」

「不會錯，我的好兄弟！你不記得我們在桃林裡是一家人嗎？」

「啊！我們快些攝影去呵！」許多字樣，看見有這麼一張美麗而空曠的白紙，如雷響一般地喊了一聲，馬上就跑上去，一個擠著一個地住下去了。

但是桃林紙是怎麼也不願意喲！她拼命地推著，喊著：「啊喲！我的白臉給你們弄髒了，弄成麻臉，將要變成一個不美麗的人了！」

「可愛的，嬌麗的姑娘呀！你雖弄黑了一些臉，但是你此後，將有幾千萬個可愛的小朋友和誠愛的少年，少女和你親嘴呢！你想，現在你一個人住在這裡是多麼寂寞的喲！這樣活下去，就是有羞花閉月的美容，又有什麼用呢？」排字工人，看見桃林紙這般生氣，他很慈愛的這樣地勸著。

但是她還不肯聽，而且更加叫得厲害了，她說：「啊！那就更不願意了。我是最怕那些小朋友們的，因為他們把我姊妹們的臉都撕得粉碎了。啊！這是怎麼也不願意喲！」

啊喲！這卻壞了，桃林紙是怎麼也不願意。但是字樣們是怎麼也要她攝影。因此翻來推去，大家弄成一團。結果是滿張白紙上，都沾滿了糊里糊塗的斑點。但是什麼也看不清楚了。

因此排字的工人氣極了，他按住了桃林紙，叫字樣們爬上去，做著各種各樣的動作，但是這樣一來她是受苦極了。她的身體，手足都被他壓得一點都不能活動，簡直弄得連氣都透不過來了，這時她才說：「喔！輕壓一些吧，我願意這樣幹了。」一說著，連忙好好地給一切的字樣，攝成許許多多各種各樣的活動影片。「現在我們可去周遊世界了！」一白紙上的許多字影子都快活得叫喊起來。「哈哈！真有趣呀！他們真的同我們心裡所想的，表面上所做的都一模一樣了。」一字樣看見他的影片，一個個都同自己一樣。於是極高興而又極驚奇地叫喊起來。

現在桃林紙帶著咒罵「王」「將」「官」「兵」的活動影片，要到全世界全人類的面上去宣傳革命了。

因此那殘暴的「王」「將」「官」「兵」的字樣就永遠地在白紙上獻醜，被人咒罵著一直要到世界上，沒有它們的影子的時候為止。

一九二九，九，四，在曉莊。

青鳥

有一個窮苦的樵夫，已經有四十多歲了。但是他還沒娶過親，這是因為他太窮的緣故。他一個人，住在一間破漏的小廟裡，家裡所有的用具就是一口碗，一雙筷，一付砍柴的用具和一張跛了腳的睡床。因此，雖然有許多因找不到丈夫而將要永遠老在娘家的姑娘，但是誰都不願意去找他喲！

他每天在天還沒有朦亮的時候，就要出去了；但晚上又要在漆黑的夜裡才得回來。他每在回家的路上，必須要在一座無主的孤墳前面經過；因為這座墳的那邊，就是他的買主——一家聞名全國的大富翁——的家裡。他家裡有華麗得像王宮一般的屋宇；有幾千萬頃的田園；還有許許多多年青的美妙的妻子。他用錢如散糞土似的亂丟，單講他每天給他的妻子們買香粉香水的錢，也得要一個小戶人家的全年的家用哩！

有一天，窮苦的樵夫，在夜還沒有離開世界的時候，他就背著一條木棍的扁擔，兩條縛柴的草繩和一把消磨得很小了的柴刀；低著頭，衝破灰暗的黑幕向山上去了。這一次，他一切都照著往日一樣：在山上費了許多工夫砍起了一擔柴料，馬上就用草繩捆好；擔著向富翁的家走去。但是當他剛走到那座必要經過的孤墳的面前，忽然聽到有人這樣說：「這擔柴，一百零五斤，你若不相信，請到家去稱。」但是他沒有十分注意那聲音；因為這時候天已經不早了。他恐怕主人家裡關了門，那末今晚的晚飯就要沒錢可買了。所以他挑著柴，很快的過去了。但是等他到了富翁家裡，拿秤來一稱，果然不多不少，剛恰是一百零五斤。

第二天，他仍舊挑一擔青柴，從那座孤墳前面經過。當他將要走過去的時候，那聲音又說道：「不要稱，又是一百零五斤，倘若不相信，就拿秤來稱。」但是樵夫仍舊沒有去理他。因為他的扁擔將要斷了，倘若再一息，一起，那末這擔柴就要挑不回去了。後來，他挑到富翁家裡一稱，果然又是一百零五斤。

第三天，他又挑著柴從孤墳的前面經過，當他將要走過的時候，那聲音又說了：「多一斤，多一斤，一百零六斤，聽你相信不相信。」這一次，他不能不好好地來注意一下了。他心裡覺得非常地驚訝：為什麼他會猜得這樣準呢？他究竟是一個什麼樣的人呢？但是樵夫瞧遍四野，都瞧不到一個人的影子。後來他急了，他想：「這是什麼聲音呢？怕是鬼吧！但是，鬼是不會有的，我相信……」他剛這樣想的時候，那聲音又說了：「啊！不是鬼，不是鬼，鬼是沒有的，我也相信。」

「這卻更加奇怪了。怎麼在心裡想著的話，他都會知道呢？」樵夫愈覺得奇怪了。但是他知道而且相信，對他講話的那個聲音，一定不是壞人，因此他就大著膽問道：「你在哪裡呢？」

「我在這裡。」這聲音很清晰地，從墳洞裡傳出來。

「你是誰呢？老的？小的？男的？女的？」

「不，都不是呢。我只是一隻青鳥。」

「哎，青鳥嗎？那怎麼會說話呢？又怎麼會猜對這樣準呢？」他這樣想著。但是他這樣問：

「我能夠來看看你嗎？」

「很可以；我還想到你家裡去，幫忙你看家呢，你不是一個人嗎？」

「是的；喔，那好極了，我家裡正缺少一個守家的人；你來得正巧，我非常的歡迎！」

「那末你把手進來吧！」

「為什麼呢？你不會走出來嗎？」

「因為我還是一隻小鳥，我的羽毛還沒有出齊呢！」

「那末我就伸進手來。」說著，他就把手伸進墳洞裡去！一忽兒，真的有一隻生得非常美麗的青色小鳥，用嘴銜住樵夫的手指跟著出來了。

「我們快些回家去吧！那裡有一個小賊，馬上就要來偷你的碗筷了。」青鳥急急地說。

「真的嗎？」

「真的，還要偷你床底下那一串銅子呢。」

「喔——」他聽了這句話，帶著小青鳥，連忙就跑了。因為那一串小銅子，是他媽媽臨死時，送給他做永遠離別的紀念的。

「你蹲在門後面，有個賊子馬上就要來了。不過你不能打他；只可以向他拿他唯一的兩毛錢；我們兩個來吃一餐晚飯就是了。」說著，樵夫即刻就躲到門後，從門縫裡注神地看著門口。不到一刻工夫，有一個赤腳篷頭的小毛賊真的來了。他先作一聲咳嗽，聽聽房裡沒有聲音，再向四處探望一遍，於是就跳進來了。

「你——你送錢給我用嗎？」樵夫用手抱住小賊的腰，覺得是不會跑走了，才這樣地向他說。

呢。」

「唔——」

「唔什麼？我早就知道你今天要送錢來的，所以我才坐在家裡老老地等著你呢。」

「我沒有錢——」

「呸，你袋裡明明有兩毛錢；快拿出來！不然，我就敲破你的骷髏！」

啊！倒楣的賊骨頭真晦氣了，他非但偷不到東西，而且還蝕了本錢了。但是有什麼法子呢？他只好在衣袋裡摸出他唯一的兩毛小洋，懶懶地送給樵夫；然後沒精打采地跑走了。

「現在你去吃東西吧！請你給我帶回一毛錢的熟黃豆來，因為我每天非吃一毛小洋的熟黃豆不可的。記好，不能少一個銅子啦！」

「那末你就在家裡了。」說著他就到街上，在一處大餅攤上吃了一個大飽。連忙就帶著一毛錢的熟黃豆回來，送給他的小伴侶——小青鳥吃。

從這天起，樵夫就不用憂慮家裡的碗筷被賊偷了。他出去的時候連門都不用關，因為小青鳥想了一個絕妙的空城計：他叫樵夫把他放在一個不容易看見的地方。等到有小賊來了，他就裝著樵夫的調兒咳嗽。因此有許多賊骨頭，都已經把頭伸進了房門，但是給青鳥這一咳，立刻就抽回去，飛跑著逃走了。可是樵夫的工作也就從此要加勞了。因為他現在等於討進了一個管吃不會做的——沒出息的懶婆子一樣；一個人做工有兩個人吃用。不過這種辛苦，樵夫是心願領受的。問他為什麼要這樣，那末就等於一個丈夫為什麼要養著一個不做工的女人一樣了。

這樣過了許多天，樵夫雖然做得很乏力，但是他一看見那青鳥的美麗，一聽到那嬌豔的歌聲，他的疲乏，他的憂愁立刻就消解了。

有一個夜裡，當殘缺的月光，慘澹地照著那睡熟了的夢神，在大地上的人們都在甜蜜地安息的時候，那隻青鳥忽然如瘋狂一般地高喊起來：「喂！快點起來喲！快點起來喲！快要起火了，快要起火了……」它一面喊著，一面就飛到（因為它已經齊了毛了）樵夫的旁邊，用嘴甲去推動樵夫的手。這樣一會兒，把那疲勞過度的樵夫，就從夢鄉裡叫回來了。

「什麼事喲？！」

「你的買主家裡要失火了。你快去通知他。」

樵夫是完全相信青鳥那偉大的預言的。所以聽了它的話馬上就奔跑著去了。但是他跑到富翁的大門外，看看門是緊閉著；聽聽人都在熟睡著。然而火星呢，卻一點都沒有看到。這次他覺得是受了青鳥的欺騙了。可是他還沒有回轉身，只見從那宏大的正房裡冒出一道紅光，接著就是「劈劈啪啪」地燒起來了。這時把樵夫卻急得走投無路了。因為富翁的房子實在太大了；他在大門外，喊啞了聲音，但是睡在那三層上的先生小姐們，卻完全沒有聽到呢！

幸虧，當他正急得沒法可想的時候，那位偉大的預言家，已經親自出馬了。它先經過樵夫的眼前，等樵夫正要向它說話的時候，它早已飛進了圍牆，房門，一直飛到富翁的耳邊，用樵夫的腔調把失火的事情告訴了他。

富翁聽了這個消息，連忙按急鈴，吹警笛，弄得天翻地覆，各房裡的人，聽到這些警號，大家都紛紛地起來了。

於是搬東西的搬東西，上梁的上梁，拕水的拕水，忙忙碌碌，鬧得好像千軍萬馬在那裡交戰一般！幸而這樣亂了一陣，漸漸地那連天的火光也就慢慢地撲滅了！啊！要不是有青鳥去喊醒他們，那些睡在銅絲床上的少爺太太們怕早已化成灰塵了！

火過之後，天也亮了。但是那個沒了良心的富翁，卻把青鳥喊醒他這一回事完全忘記了，並且他還像野獸一般地咒罵著他的妻子們，毆打著他家裡一切的傭人們！

因此，青鳥知道他是一個凶暴的野獸。它懊悔做錯了這件事。樵夫也狠狠地在心裡偷罵；但是第二天，他還是照常把砍來的柴，送給他，換到幾毛錢來養活他和青鳥。

青鳥呢，它是不能像樵夫那樣的，把這件大事輕輕放過的。它從那時起，天天在計算著報仇的法子。它說：「我要替一切受了冤屈的人報仇！」

不到幾天，青鳥又知道那位大富翁家裡有禍來了。但是它這樣想：「仇是一定要報的；但是我又不能不替我的大夥伴——樵夫——著想……」它想到這裡，即刻決定了。它決定把這次的大禍，以及免除的方法都告訴樵夫，並叫樵夫再去告訴富翁。

樵夫聽到他的話，馬上飛跑著去了。他跑到富翁家，急喘著氣，斷斷續續地把青鳥告訴他的話原原本本地來告訴他：「今天晚上有土匪到這裡來，你快去買幾千盞燈籠來——到晚上，把燈籠點起來，遍插在房子四圍的大道上，假作是軍隊在這裡。這樣這個大禍就會免去了。」

「你怎麼知道這個消息？」

「是我的小青鳥告訴我的！」

「什麼青鳥？會說話嗎？」

「不但會說話，前次失火的事情，就是它來告訴你的！」

「喔！」富翁像發覺做錯了一件事的口氣，說了一個「喔」字，馬上就差傭人到街上去買燈籠了。

這晚上，每條馬路上，都點滿著紅綠各色的燈籠；一眼看去，燦爛得好像是天上銀河兩旁的星星一般地閃亮！這種美妙的夜景，真有說不出的詩趣呀！

夜深了，燈更亮了。強盜帶著凶利的槍刀來了。但是他們看看這般明亮的燈光，嚇得魂散膽碎了。

這一次，富翁不像上次那樣了。他等不到天明，馬上就請樵夫吃早餐。那早餐桌上擺著非常珍貴的酒菜。雖然在富翁家裡，不過是一些很平常的小菜；但是在窮苦的可憐的樵夫看來，卻是生平第一次的大宴！

那位富翁時常望著樵夫，好像要說什麼似的，但是遲遲又沒有出口。他裝出一種特別的歡欣，用非常的言語，態度周密地來招待樵夫。樵夫雖然是一個不多識世故的人，但是富翁這種虛偽假裝的手段，他是看得出來的。因此使他心裡反覺得不安靜。他不知道媚著眼睛的大富翁，要對他玩什麼把戲了。

「你有一隻青鳥嗎？」最後，富翁畢竟是這樣問了。

「是的——」

「是一隻會說話，會預言的青鳥嗎？」

「是的——」

「你——唔——你能夠賣給我嗎？酬謝由你說。」

「這個麼——要等我去問明青鳥，才能答覆你呢！」

「好罷，你說我家裡有很好的金絲籠，有甜蜜的麵包！」

「但是它不能有籠；也不喜歡吃麵包的——」

「吃什麼呢？」

「吃熟黃豆的。」

「啊！那就更多了。——現在你就去說吧。」

樵夫一路走，一路在想：「喔，他原來為著要買我的青鳥啊！怪不得忽然這樣客氣起來。但是，青鳥能夠賣嗎？我怎麼捨得呢？它願意到他家裡去嗎？……」

他這樣反復地想著，不知不覺已經到了家裡了。

「喂！你今天吃得開心吧！」青鳥一看見樵夫，就這樣很親熱地喊著。

「是的——」但是樵夫不知不覺地兩行熱淚汨汨地流下來了。他想著青鳥的可愛；同時又想到富翁的凶橫。他知道青鳥是非賣給他不可的。因為那殘凶的富翁，他的心比什麼都要惡毒；誰若稍微有一些不順他的心意，他將立刻就會割破你的肚皮，取去你的心腑，但是他又怎能捨得這位可愛的聰明小侶伴呢？！啊！這種重重的困難在他的腦子裡盤旋著，捆繞著，使他心裡好像刺一般地難受了！

「朋友」青鳥說，「你是否為著富翁買我的問題而煩惱呢？」

「唉！」

「這何必煩惱呢？朋友，這是我計畫的成功啦，你不來慶賀而反要流淚嗎？」它接著又說：「我告訴你吧！自從那次救火之後，我就決要為一切受冤屈的人們報仇了。但是我忽然又轉了一個念頭，我要做一個有準備的，對於人類有益的，而且即刻又能解決你的窮困的問題的。因此我就想到一個計策——就是到他家裡去。這一次我所以要你去通知他這個大禍災的，為的就是叫他買我呢！」

「是是，我能夠離開你嗎？」

「還有什麼不能呢？！」

樵夫知道他的小侶伴已經決心要這樣做了。所以他只好灑點眼淚，帶著青鳥到富翁家裡去了。在路上，青鳥告訴樵夫向富翁要這樣的酬謝：一，要一千兩銀子。二，要他的二夫人——麻臉婆做妻子。因為這樣要，富翁是頂歡喜的。而且那位麻臉婆確是一位良好的婦人。

「它肯了嗎？」富翁一看見樵夫就這樣問。

「肯了。」

「那末你要什麼酬謝呢？你說吧！」

「我要你的——」

「不管什麼？說盡說！」

「你那位二夫人，給我——」

「喔，這是很可以的——」

「還要一千兩銀子。」

「好，你把青鳥給我，這兩樣東西，你跟我來拿。」說著，他們就互相交換了。

這位窮苦的樵夫，得到一位好夫人了。他心裡多麼的快活喲！現在他同他的夫人趕回家去，拿著一千兩銀子造房子，買田地，買牲口，兩個人歡歡喜喜地勤勞著，相愛著；過了他們的一生。

青鳥到富翁家裡，吃的，住的當然是比在一間破漏的小廟裡好得多了。它每天有富翁的太太們輪流著，送著用蛋黃拌成的黃豆給它吃。同時它又同富翁的正夫人做了朋友了。她——正夫人——是一位可憐者。因為她沒有美麗的面貌；她不會花言巧語。所以她的丈夫如同看待那位二夫人，麻臉婆一般地看待她。她時常要受丈夫的毆打；還要受富翁的一切的姨太太的譏罵嘲笑。因此，她時常抱著冤恨的心淚，向她唯一的伴侶來訴苦。青鳥很明瞭她，同情她；所以每次都像慈母一般地愛護她，安慰她。

這樣一天一天下去，青鳥和正夫人就愈來愈親密了，但是富翁家裡的生活，也平淡了。什麼起火啦，土匪啦，小偷啦，這些事情從青鳥進門以來就完全沒有了。後來，時候漸漸地過久了，太太們除了正夫人以外，其餘的把青鳥都看作一個可恨的東西了，富翁是根本就忘記了。她們一天到晚喝著，吃著，可憐的鳥，有一天就連一粒小黃豆都沒有落肚喲！

事情是這樣湊巧的，當這個晚上，恰又有一大隊的強盜來了。可是聰明的青鳥，它是再也不願意講什麼了。它看著強盜一個一個跑進來，搶著房裡一切寶貴的東西，如衣服啦，銀錢啦，珠寶啦，哈！連小姨太太腳上的一雙新皮鞋都搶去了。「痛快呀！痛快呀！」青鳥還這樣高興地喊著呢！

土匪走了，一家人弄得哭哭啼啼，這個哭聲不斷的屋子裡，竟變成了一個淒慘悲傷的死國了。

富翁看看滿屋子的衣服，珠寶……都被強盜搶光了。這時，他想起了那隻用一千兩銀子和一個太太去換來的青鳥了。他沒有怪自己的錯處，只怨恨青鳥的不好。他氣得連氣都透不過來，如猛獸一般地吼著道：「快，快把那隻青鳥殺了，給我吃——」

唉！可憐的小青鳥喲！你將要給人下酒了！

但是小青鳥是不該死的。因為富翁家裡，享福的事情都是姨太太爭先；這種勞苦的工作卻都落在正夫人的手裡的。正夫人望著她唯一的親心的朋友，眼眶裡含滿了悲酸的淚珠，這樣說道：「唉，我親愛的朋友喲，你要離開我了；你要永遠地離開我了——」

「不，可愛的太太，不會永遠的，你若能夠幫忙的話——」

「親愛的，我還有什麼不能幫忙，只要我力量做得到；不管什麼我都願意幫忙！」

「那末好吧，這事就是這樣：請你拔下我全身的長毛，丟在一個使人注目的地方。另外再把鴿子的肉，割下一部分來替代我的肉。然後把我放在一個祕密的地方；然後請你天天用紅酒拌糯米送給我吃。這樣只要有一個月，我的羽翼就會出齊了，我就可以自由了。」

正夫人聽了青鳥的一番話，眼睛裡忽然現出一個幻影——她望著她的小伴侶從死神的手裡逃回來了。啊！她該怎麼快活呀！但是她的眼淚如雨珠一般地滴在青鳥的身上，她又想到——拔了毛以後的青鳥的痛苦。然而有什麼法子呢？富翁是說馬上就要下酒的。照現在這樣，青鳥的性命雖然是沒有關係了，可是這種痛苦是多麼地難受喲！她一面想著，顫慄著流著眼淚；但是她的手，卻被一種體外來的力量，叫她不斷地拔下那一簇簇美麗的是她最喜歡的羽毛！

一刻工夫，鴿子的肉燒好了。正夫人很小心地帶著一瓶陳酒，捧到她丈夫的面前。

富翁吃鳥肉了。他先是一個人在裡吃的。後來覺得這樣太寂寞了，所以他就叫出所有的姨太太來，圍住他的身旁，陪著他喝酒，談笑。他說：「用一個太太和一千兩銀子換來的鳥肉，究竟是特別有滋味的！？」

正夫人，這時用一點藥油抹在青鳥的身上；再用些柔軟的棉絮包著它的身體，然後把它放在自己的房間裡，因為她的房間是永遠沒有人進去的。

太陽像車輪一般過去，不覺間青鳥已經出齊了羽毛了。在一個極早的清晨裡，它伏在正夫人的懷裡，把臉兒緊緊地貼在她的胸前，聽著在嗚咽的正夫人的別辭：「可愛的寶寶，你是一定要離開我了。我雖然是怎樣地不願意你走，但是為著你我的生命著想，你是非離開這裡不行了！」

「我親愛的朋友，你心裡的苦痛我完全明瞭。你這樣保護我，為我而日夜地擔心，辛苦；我不能用簡單的言語，來表示我心中的感謝的深意！好太太，今天的分離是不可免了。但是你相信吧，我心裡的你是永遠不會別離的！」青鳥像對一個情人話別一般，怨切悲痛地向它的第二慈母——好太太這樣說著。

這天的太陽也特別起得早些；好像是為著送別這位可愛的旅客早起的。這時她倆正在戀戀不捨地談泣的時候；那如血盤一般紅的太陽已經衝破夜的黑幕。

「小朋友，現在是該走的時候了！」正夫人看看天已明亮了，再遲了恐怕那些懶婆子也要起來了。所以她心中雖然巴不得多看一下青鳥，多和它談些話；但是她實在太愛它了，所以她就不得不忍著分別的苦痛，這樣地催青鳥快走。

「那末，我們要再見了！」

「再見了！」正夫人說不出聲音了。她望著青鳥，張開新換上的青翼，從那灰暗的房裡，飛到那燦爛得如同黃金一般地陽光裡；那青色的美衣，反照著變成一朵幻影裡的雲霞一般地美麗。然後漸漸地，漸漸地飛遠了，連影子都消逝了。但是，忽然之間，那隻飛遠了的青鳥，立刻又在正夫人的眼前出現了；可是等她定神一看，原來卻是她眼中的虛影喲！

青鳥離開富翁家裡，一直飛到它從前住過的那間破廟裡。那廟有座泥塑的佛像，已經破壞得連手腳都斷了。佛像的後面，有一個小小的洞；青鳥就從那洞裡鑽進去，一直鑽到佛像的頭部。它知道那個富翁，雖然是一隻凶惡的野獸；但是他是非常迷信菩薩的。因此它就在那座佛像的骷髏裡等著。

真碰得湊巧，不多時候，那個富翁就從這座破廟外頭經過了。於是青鳥就連忙喊道：「喂，喂！你到哪裡去呀？」

富翁聽廟裡有人喊他，他就跑了進去。但是空空的一間房子，除了一座佛像以外，其餘就沒有什麼了。「咳！」他覺得奇怪了。

「喂，喂，你想上天嗎？」

「喔，」富翁發現這聲音是從佛像的嘴裡出來的，他連忙就跪在那骯髒的地上，不斷地叩頭，不斷地念道：「我想上天，想上天……」

「你真的想上天嗎？」

「佛爺，我是天天想著上天的！」

「但是你能夠捨棄你所有的家產嗎？」

「能夠，能夠，只要佛爺可憐我，帶我上天！」

「帶你上天，是當然的，天上還有許多神仙在那裡歡迎你呢。他們看到你這樣做好事，早就想接你到天上去了；只因為你不時常到這裡來，所以就沒有機會告訴你了。」

「阿彌陀佛，謝謝！」

「那末你就回家去，把你家裡所有的田地都退回給原來的田主；把你家裡所有的姨太太都送到農村裡，配給那些沒有錢娶妻子的窮農夫。把你家裡所有的房屋，牲口和家具都寫明字據，送給你的正夫人——因為只有她有這種福氣。然後你再到這裡來，我們就一道到那永遠不會死的天國裡去。」

富翁聽得迷醉了。他心裡並沒有一點可惜的心思。他只愁佛爺要不等他先走了。所以臨走的時候，他千遍萬遍地這樣說：「佛爺，你一定要等著我的，一定要等的喲！」

「我一定等到你來，你放心！」

現在，富翁快活極了。他馬上回到家裡，照著佛爺告訴他的話，把田地啦，姨太太啦，一切都送光。他最後又寫了一張證書，把他所有的房屋器具都送給他平時最恨的正夫人了。

這時他像已經升了天那樣地快活了。他做完了一切手續，連忙跑到那座破廟裡去，又伏在佛像的跟前，不斷地把頭在那汙爛的地上亂碰著「撲撲」地響，這樣接連著叩了許多頭之後，才抬起頭來，溫和地向佛像說道：「佛爺，我已經照你吩咐的話，把一切的事情都辦好了！」

「沒有呢，你還有一口不值錢的茶杯，沒有寫在送給正夫人的證明書上呢。」

「喔，我因為那件東西太不值錢了，所以就沒有寫了。那末我再去吧！」

「好！你快些去吧！」

「是——」富翁馬上又回去了。他把那口茶杯也寫在那張證據上，然後如飛一般地回來，他心想：「佛爺是何等精明喲——」他走到佛像的面前又是拼命地叩了許多響頭，然後說道：「佛爺，我一切都辦好了。」

「喔，那末你閉著你的眼睛吧！」說時，青鳥從那個小洞裡飛了出來。然後站在廟外的一株小樹上，這樣地叫道：「喂，上天了，請問，用一個太太和一千兩銀子換來的鳥肉，真是特別有滋味嗎？」說著它就飛走了。等到富翁回頭看時，他早已飛遠了，漸漸地影子都不見了。

現在的富翁呢？他淌著眼淚，臉色如紙一樣地慘白，像泥像一般地呆立著，仰著頭，望著他頭上的佛像！

十八年中秋節，寫在曉莊。

優美的琴聲

有一個小孩子，非常的愛他的小提琴。他一天到晚地拉著，學著。有時拉得出神的地方，就連飯也忘記了吃，覺也忘記了睡。因此他拉琴的本領也就一天比一天地進步了。

但是他的哥哥卻完全和他相反。他非但不喜歡拉琴，而且還有一種毛病：就是一聽到琴聲，心裡就好像針刺著一般地難過，尤其是聽到一種優美的聲音，那就更覺得難受了。

因為這個緣故，所以造成了他們兄弟兩個到了絕對不能融洽的地步。他的哥哥因為恨小提琴，所以也就連恨到他的弟弟了。

起初他對他的弟弟說：「白蓮，你快些丟掉你的小提琴吧，不要一天到晚地拉著，使人聽得多麼難受呀！」

白蓮聽到他哥哥的話，以為是哥哥說他拉得不好。所以從那天起，更加用功來學習。他為著不使人討厭起見，所以時常一個人，躲到深山密林裡去拉。等到拉得倦了，就在大樹底下的綠草地上睡覺。有時睡熟了，等醒來一看，只見一個水晶般的明月從樹梢上透進來，照在他的身上，好像是慈母的眼睛瞧著一個可憐的兒子一般。

螢火蟲，自由地在樹林裡飛舞，像一盞盞流動的電燈。白蓮看到這種幽靜的夜景，心裡有一種說不出的快感，因此，他就拿起他的小提琴，把他心中所感想到的，拉出一個曲調來。他本來是一個很聰明的小孩子，再加他這等用功，所以他的琴拉得是出了神了。這時候林裡一切的野獸，聽到他的琴聲都不由自主地跑到他的身邊，白熊為怕驚動了他，所以很留神地在草蓬裡慢慢地爬著來。野兔子跑來睡在白蓮的腳邊，豎起兩片長耳聽著。鹿停止了跳，靜靜躺在綠草上。這時候連狡猾的狐狸也靜默了，凶狠的獅子大王也破臉微笑了。樹林在那裡接耳輕輕地讚嘆，花草低頭靜聽。但是這些白蓮都完全不曉得。他只專神在拉他的琴，一直拉到紅日東升，來聽音樂的野獸一個個都被光明嚇跑了，他總帶著他的小提琴，慢慢地走回家去。

因此，他的哥哥就更加恨他了。有一天的午後，當白蓮正帶著小提琴回來的時候，他像見到一個仇人似的看著白蓮。當白蓮向他問好的時候，他忽然一把抓住白蓮的小提琴，像牛一般地叫起來：「只有這一次了，倘若你再不丟了你的小提琴，那末你就自己走吧。我是再不願意看到你拿著一把可惡的小琴了。」他的話等於判官的判決，誰敢不服呢？不過白蓮愛他的小提琴，是比愛他的性命還要厲害些，因此他只好帶著他的小提琴走了。

他走的時候，沒有向他哥哥要一個錢。因為他知道就是向他要亦不會有的；所以還不如不開口的好，免得臨走時候還要討他一頓毒罵。

現在太陽將要下山了，森林裡充滿了寂寞。白蓮沒精打采地帶著小琴在找他的出路。他低著頭，穿過了許多森林，但是始終找不到一個投宿的人家。最後他走到一個海邊。看著夕陽的餘光反照在海水上，變成一種絕望的彩色。他看到這種景致，再想起他的身世，不覺兩行熱淚直流個不息。

「還有什麼呢，等著死神來抱我去吧！」白蓮說著拿出他的小提琴，面對著海拉出他心中所有的感想。

這時候，海邊上非常的幽靜，海水平靜地聽著白蓮的琴聲，海鷗張著白銀色的羽翼，輕輕地在白蓮的頭上飛翔。小銀魚探出頭來問海渡上的螃蟹道：「這是什麼人拉的琴呀，怎麼會這樣好聽呢！」但是螃蟹他自己也不知道。

這時魚王的大公主，正和一個平民小鯉魚結婚。他正苦於找不到一個會奏樂的人。這時忽然聽到有一種絕妙的琴聲傳來。他連忙叫蝦姑娘出去打聽，並且對她說：「你看見了馬上就請他來，不管要什麼酬謝都可以，只要他願意。」

於是蝦姑娘就順著琴的聲音找去。一直找到白蓮站腳的岩石旁邊：「先生，今天是我們的公主和小鯉魚結婚，魚王請你去奏樂；說是不管什麼酬勞都可以，只要你歡喜。」白蓮聽了她的話，很和善地對她說：「這個我是很歡喜的，但是我怎麼能夠到你們那裡去呢！」「啊，這個嗎，那是一點都不困難的，只要你閉著眼睛，心裡想：到魚王的水晶宮裡去。再開起眼睛來一看，那亮晶晶的水晶宮就在你的面前了。」

白蓮聽到蝦姑娘的話非常地快樂，馬上就照著她的話做去。果然，他閉著眼想道：「到水晶宮去！」等他眼睛開來一看，一座用藍寶石鋪地，水晶造牆瓦的王宮已經現在他的眼前了。

這時由蝦姑娘帶他進去，和魚王，公主許多人見面。最後就請他替小鯉魚和大公主奏結婚的曲子。

白蓮是一個天才的音樂家，他隨時隨地能夠創造許多極好的歌曲。現在他看到水晶宮裡這般地華麗和幽靜。同時又在結婚的時候，在滿宮的空氣裡都好像充滿了快樂。因此他就將他眼裡所見的和心裡所感的，奏出一曲極優美極快樂的結婚曲。當他拉得出神時，一個嘈雜的禮堂上，忽然靜得連呼吸的聲音都沒有了。

因此，魚王和公主都非常的愛他。等到婚禮完了，魚王特別為他設一席非常珍貴的酒席。請大公主和小公主都來陪他。當酒席散後，魚王問白蓮說：「你想要什麼呢，由你說吧。」

「我要你的眼鏡盒子。」這是白蓮小時聽他的祖母說的——魚王的眼鏡盒子是一件最好的寶貝。你若得到了它就什麼都有了；因為你想要什麼，只要用手指一敲，什麼就有了——因此白蓮就牢牢地記著了，一聽到魚王問他要什麼，他就毫不思索地這樣說了。

但是魚王急了，他想：「這可糟了，我的眼鏡盒子，是我們魚族裡的寶貝呢，我們所以會有這般快樂，所以會這樣富足，完全是靠著它的。倘若被人拿去了，那不是糟極了嗎？唉，這是誰告訴他的？！」

他又對白蓮說：「朋友，你為什麼要這個東西呢，這是一件多平常多不值錢的東西呀！你為什麼不要明珠、寶石，金和銀這許多珍貴的東西呢！」

「國王，因為我只歡喜這個眼鏡盒子，所以其餘的一切都不要了。」

「但是這個東西是不能送給你……」

「你不是說只要我歡喜，什麼東西都可以嗎？現在我向你要第一件東西你就不肯了。這是做一個國王最不應該有的行為呢。」

沒有法子，魚王要維持他的威嚴，他的信用，只好把眼鏡盒子送給白蓮了。

白蓮得到這個眼鏡盒子，心裡非常的快活，他仍舊閉著眼睛，心裡想：「回到海岸上去！」果然，他睜開眼睛來一看。他已站在海岸上了。

現在他要用他的寶貝了。他拿出眼鏡盒子來，用指頭一敲，心裡想著：「弄一桌好菜飯來。」一忽兒，真的擺著一張紅色的大菜桌，桌上擺滿著許多山珍，海味。

「哈，好玩極了，這許多好菜是我從來沒有吃過的呢。」

說著，就拿起筷來吃了。他吃夠了，又用手指在眼鏡盒子上敲一下，心裡想：「收進去！」真奇怪，一下子，許多東西忽然又不見了。這時候白蓮快樂極了，他想：「現在我是一個富翁了，但是我要想法給那些窮苦的人有飯吃，有衣服穿，有房子住。」因此他就帶著他的小提琴和眼鏡盒子向前走去。

走，走，走到一個鄉村裡，看見許多人在那裡替一個富翁做工，做得個個都臉黃骨瘦，但是他們吃的還是黑饅頭，穿的還是破衣服，住的還是破漏的小矮草屋。白蓮看見他們非常的可憐，因此就給他們拉一回琴，那許多疲乏得要死的工人，聽到他的琴，忽然覺得爽快得很，漸漸地忘記了一切的痛苦；後來跟著他的琴聲跳起舞來了。當他們正跳得高興的時候，他們的主人來了。那個凶惡的富翁看到他們的工人都停了工作，在那裡跳舞，因此氣極了，他拿起一條長鞭在工人的身上就亂打。打得個個工人的身上都流出血來。白蓮看到這種情形，心裡恨那個富翁恨極了。他馬上取出他的寶貝來，他照常的用指頭在眼鏡盒上一敲。心裡想：「把這許多工人的家裡，都造起水晶的房子來，在他們房子的裡面都放著許多金錢，衣服和應用的東西。」

啊，真有趣極了，一個破敗得不像樣子的村莊，一剎那的工夫，造起了這許多雪亮的水晶宮來。這是多麼的奇怪呀！

工人們看見了，連忙跑回家去看。他們一走進房門，就有人給他們的衣服掛在衣架上。再看見他們的妻子和小孩子都像不認識了。因為她們一個個都換上了一套極華麗的衣服，弄得他們不敢相信是自己的妻子了。因此，這許多窮苦的工人一個個都變成一個大富翁了。他們的主人，就是從前那個富翁，現在倒要來做他們的工人哩！

後來，白蓮又給自己建造一座像魚王的王宮一般的美麗的房子。同時又娶了那位美麗的魚王的小女兒做妻子。他同她非常的和好，因此兩個人就永久地過著一種快樂的生活。

一九二九，八，十一，在馮村。

一個奇怪的故事

有一個商人，他把家裡所有的財產，都拿出來分做兩份：一半拿去買貨；一半拿來造一隻世界上從來沒有過的大船。他用一百個女傭人來煮飯，給那些替他造船的工人吃。他用一百支毛竹劈成的筷子，給那造船的工人用。他每天要用十輛馬車載一次鹽做菜，要用十輛大汽車載十次水，給替他做工的一切工人的吃用。這個大計畫是在他爸爸五十歲的那一年實行起的。現在他的爸爸是死去四十多年了。他自己也有六十歲了。同時，他那隻大船也就在這一年的年底成功了。

啊！這是應該怎樣地快活呀，費了這許多時候，這許多人工的一隻世界從來沒有見過的大船造成功了。這時候，他一面叫工人們替他將一切的貨色都搬到船上去。一方面，他就在船上的房艙裡，用極珍貴，極少見的酒菜來請他的親戚。同時還請了一百個最有名的音樂家來替他們喝酒的人奏樂，唱歌，跳舞。

他自己一面吃著酒，一面向他的親戚朋友們報告造船的經過，和今後出洋做生意的方法。他的親戚朋友們一個個都起來替他祝福，都希望他將來能夠將這一大船貨物，換了一大船的金銀珠寶回來。因此，這個酒席上的人都快樂極了。

他們喝醉了就睡，吃厭了就起來聽聽唱歌，看看跳舞。這樣一天一天的下去，不知不覺間已經過了舊年，而又到新年的月底了。

這時候船上的貨已經載滿了。那無千無萬的工人都背著他們的破被絮，提著臭破小褂，紛紛地回他們的家裡去了。現在要開船了。船上滿掛著紅綠的花彩。岸上的爆竹像雷震一般地響，船主和一切送行的朋友，都歡歡喜喜地握手，同時都互相地祝福著：「啊！不久我就能夠看見那無邊的汪洋，和那從水裡出來的血輪和月亮了！」船主這樣地想著。「啊，那美麗的海洋裡的風景呀，簡直要把我害起相思病了！」

這時，那和暖的陽光正照著船頂上，微風牽扯著船頂上那面大而美麗的國旗舞蹈。船上優雅的歌聲，斷續地鼓動著人們的耳膜，使人感到非常的愉快和迷醉。

船主已經發過第三次號令了。但是船身依舊沒有移動。而且連一點點的擺動都沒有。「這是什麼緣故呀？」船主覺得奇怪了。因此，他不斷地吹著號笛，他想：「也許是水手們沒有聽到我的警笛吧。」但是笛聲震破了艙間，而船兒仍舊是沒有動一動。正在船主急得要死的時候，忽然跑來一個水手的代表，汗流濕了衣服，喘著氣問船主說道：「胡先生，我們的船已經開到海渡裡去了，啊！我們用盡了法子和氣力，結果是一點點都沒有用喲……」

船主聽到這些話，急得連話都說不出來。他連忙跑下船來，親自帶著水手在那裡推，拉。但是用盡了氣力，結果是聽到「唉」的一聲，船主昏過去了。

「呵哎！胡先生昏倒了……」這時水手們嚇得亂叫亂嚷，像軍隊裡死了一個長官一般。大家都不知道怎麼樣才好。

這個時候，胡淚王——就是船主的小孩——手裡正拿著一個洋娃娃，牽著他母親的衣襟，笑嘻嘻地在船艙房的走廊上玩。忽然聽到「啊哎，胡先生昏倒了……」這一個霹靂似的呼喊，他像發了狂一般地跑下船來。看見他的父親直僵僵地躺在那濘滑的海渡上，就連忙抱著他父親的頭頸，放聲大哭起來了。

啊！不得了，喲！他那如海潮一般的眼淚，忽然把這乾枯的海渡都變成汪洋了。那隻埋沒在渡泥裡的大船忽然像一片小葉一般地浮起來，而且是跟著這洶湧的淚潮像流星一般地向那大海裡駛去，霎時就不見了。

現在，胡淚王是同那些替他造船的工人們的孩子一樣地窮了。他一切的財產都放在船上，現在船已經不見了。他的父親到現在還沒有轉醒。他的母親又跟著船跑到不知道什麼地方去了。因此，他愈想愈哭：愈哭海水就愈多。那隻船兒也就跑得愈快，駛到愈遠了。

但是那房艙裡的音樂家，還不知道有這一回事呢。他們依然奏著舞蹈的樂曲。那些舞蹈的明星也照常地跳著她們的豔舞。那飯房裡的工人只知道每天做著一擔一擔的菜飯，送給船裡的一切人吃，因此他們都忘記了年月，這樣一天一天地下去，那隻失去了船主——船主是把舵的——的船兒也就像一個失了家庭的小孩一般，在那汪洋大海裡跟著風浪亂漂了。

現在——不知道過了多少時候了。——那滿載的糧食和柴火都將用完了。這時候，那些燒飯的工人才焦急起來，他們跑到艙外來，看看船還是在那無邊無涯的大洋裡飄搖。望穿了眼睛，也望不到一點點陸地的影子。但是他們從來沒有想到這隻船是一隻失了舵工的無主船。

正在這個時候，在那像山一般的浪花裡，忽然來了一條海泥鰍。它張起大嘴來，把這隻費了九十幾年才打成功的大船，一口就吞下去了。

這時候，美麗的陽光，正像一個慈母懷抱著她的小孩一般地懷抱著大洋。海泥鰍因為覺得肚子裡有些飽脹，所以它就浮在那透著陽光的水層裡瞌睡了。

剛在這個時候，忽然從天空中飛來一隻老鷹，它看見一條在那裡打盹的泥鰍，馬上就一口把它吞進去。

老鷹吃了一條泥鰍，肚裡有些飽了，所以他的翅膀也增加了力量。於是就朝著那幽靜的美麗的陸地上飛去。

飛，飛，飛，飛過了大海，飛過了汪洋。漸漸地在那海的邊際，好像一條長線一般的陸地看見了。

老鷹是一位古怪的詩人，他平時總是一個人一聲不響地到處飛走。除非到了北風刺入他的心骨，肚子餓得咕嚕地叫的時候，才會開著嘴，伸著喉兒唱出一種憂鬱悲傷的長歌。

現在正在風和日暖的時候，同時他又吃飽了肚子，所以他非常靜寂地棲息在一所學校的後門一棵棕櫚的葉子上。它看著樹底下那些活潑的小孩，它聽著從音樂室裡傳出來的清和的唱聲，最後它聽到有人在那裡說老鷹偷小鳥的故事；所以它馬上就飛走了。但是它在未走以前，卻在那棵棕櫚樹的葉子上出了一次恭。

當老鷹飛走之後，有兩位小朋友，手牽手地在他們平時最歡喜坐的那棵棕櫚樹下坐著。他們輪流著唱著今天先生新教的歌；輪流著講著從書上看來的故事，笑話。有時還做著種種好玩的遊戲。

這時候，他們兩個正在一聲不響地想著他們娛樂的節目，忽然聽到有一種非常低微而又非常清明的琴聲，從他們的頭上傳來。「喲！這是哪裡來的琴聲呀！」他們兩個不約而同地這樣叫起來。但是盡你怎樣地尋找，怎樣地探望。然而總是找不到發音的地方。

後來有一個小朋友說：「這琴聲一定是從這棵樹上發出來的。因為我們學校的鋼琴還沒有買來，附近又沒有誰有鋼琴。」

「但是這棵樹又怎麼會發出鋼琴的聲音呢？」另有一位小朋友說著，用著十二萬分懷疑的目光，向棕櫚樹上看著。

那位先說話的小朋友，這時站在一條板凳上，把耳朵貼在棕櫚樹的各部，細心地，一點一點地聽去。最後他聽到那一堆老鷹糞上了。「啊！找到了，找到了，就在這堆鳥糞裡呀！」他像哥倫布發現新大陸一般地發現這美妙琴聲的發源地了。

另一個小朋友也連忙站在凳上去聽：「真的是在這裡面呀！」

「那末我們就不要買鋼琴了。」

「但是這鳥糞總不好拿到大會堂上去陳列呀！」

「不要緊，我們可以用美麗的紅綠紙，做起一架假鋼琴來，再把這堆鳥糞放進那架假鋼琴裡面去，那不是一架自己會奏樂的，從來沒有的寶琴嗎？」

他倆正在說話的時候，那鋼琴的聲音忽然停止了。

「啊呦！鋼琴不響了，怕是發條斷了吧！」

「那怎麼辦呢！我們拿去叫王先生修理吧。」

「好！那末用一張紙把它包起來，這樣太髒了。」

他們兩個正在動手用紙包的時候，忽然「啪噠」一聲響，那堆鳥糞落到地下去了。

弄到那兩位小朋友爬下凳去一看，看見那一堆鳥糞已經變為一條泥鰍了。後來他倆把泥鰍用力剖開，又看見，在泥鰍的腸胃裡有一隻船：「哈，這是多麼好玩呀！」他們快樂得叫起來了。正在這個時候，又看見從那隻船裡跑出許多像餓得要死了的人。

「啊！現在方駛到呀，把我們都餓得要死了。」船裡的人說。

「哈，他們怎麼都在這堆鳥糞裡的呀？」

「喂！你講什麼喲！」船裡有一位留著長頭髮的藝術家說：「嘿！我真看你

不起，看你們長得這麼大了，頭髮還只有那末長，這是多麼的不應該呀！」

「哈，這個人講話是多麼的有趣！」先說話的小朋友說。

「那裡，他們說話都好像我們家裡那隻獅子狗一般地難聽。連他的頭髮也就像那隻狗的狗毛了。」

「啊！世界是多麼的空虛呀！你看他們的見識是何等地淺薄呀！啊！……」藝術家像吟詩一般地罵起來了。但是忽然又起來了一個聲音：「喂，你覺到空虛，那末你就去死吧！我們現在要解決的是吃飯的問題哩！你這樣的空虛呀，什麼呀，亂叫起來。對於大家有什麼益處呢？」說話的又走出了幾步，跑到那兩位小朋友的面前說：「兩位大先生，請你倆給我們一頓飯吃罷，因為我們的肚子餓極了。」

「對不起，我們家裡連自己都沒有法吃飽呢，不過我們可以帶你到一個大和尚那裡去吃一頓。」說著，他們一起都跟著兩位小朋友到那位大和尚那裡去了。

他們一進了寺門，就看見一位站在那裡頭頂著天的大和尚。

藝術家說：「拿飯來給我們吃！」

這時候只看見滿天洶起了許多的黑雲。那位大和尚連回聲也沒有。

「啊！我們走吧。」小朋友說。「他搖搖頭說：『我自己也吃不飽呢！』但是我倆還可以帶你們到一個坐在那裡，頭頂著天的大和尚那裡去吃一頓。」說著，他們又跟著走到了第二個大和尚那裡了。

「到了，」藝術家說：「快些拿飯來！」

這時候，只見一陣飛石拔木的大風吹來。把他們一個個都吹著飛跑起來。「啊，我們走吧，」他嘆了一口長氣說：「我已經有一年沒有人送東西給我了。哪裡還管得你們呢？但是我們可以到第三個睡著頂到天的大和尚那裡去討他一頓吃。」說著，大家一齊又進了第三個大和尚的寺門。

藝術家說：「有飯大家吃喲，有錢大家花；有飯不給人吃喲，他是個大王八！」

這時候，只聽得空中隆隆。一聲雷響，把他們一個個都嚇得半死了。

「啊，兄弟們，」大和尚這樣說，「他所有的糧食都被一隻白老鼠偷去了，不過他在幾千年前曾吃過一次肉，有一塊肉碎夾在牙齒縫裡，你們若要吃，那末就請你們自己拿著鋤頭，或四齒，到他的牙縫裡去掘就是了。」

因此他們都爭先恐後地搶著鋤頭釘耙，一齊跑到大和尚的牙齒縫裡去掘東西吃了。

「啊！這是一座大山呀！」他們看見和尚牙齒裡的肉塊，驚奇地叫喊起來。

「不，這是一塊大肉塊呢！而且是好吃極了。」他們之中有一位這樣喊起來。

從此以後就沒有聽到什麼聲音了。因為他們一個個都顧著自己，拼命地在那牙齒縫裡掘著肉塊。

這樣的掘著，從早到晚，一刻不停地掘著。因為那肉塊被牙齒縫夾得很緊，很不容易掘出一點來，到後來，他們竟忘記了是在大和尚的牙齒縫裡生活著的，並且還在牙縫的附近，建造了許多房子。經過許多時候，又生了許多的小朋友。這樣一天一天地下去，到後來，人口漸漸加多了，就成了一個國家，但是這個國家裡的國民，一個個都是皮黃骨瘦的人。因為那位大和尚用了無數量沒有顏色的吸血管一刻不停地在他們的身上吸收著！

一九二九，八，二三，在曉莊。

奇遇

在一個看不到邊際的大海裡，有一條大如紫金山的鯨魚。他做了這個海國裡的國王，同時還得了一頂極光榮的，極使人喜愛的「故事大王」的王冠。

他的故事非常多，又非常地有趣，不論什麼人，只要一聽到他講故事的消息，誰都願意花費許多金錢，甘心領受許多辛苦，來一聽他的故事。並且凡是聽過他講故事的人，個個都會不約而同地這樣高呼道：「啊！魚王真是一個『故事大王』呀！」因此，他一個人，就戴了兩頂燦爛美麗的王冠了。不過那頂「魚類之王」的王冠，實在比不上「故事大王」這頂的明亮而可愛。而且過了許多年代之後，人們都以為「魚王」是鯨魚的名字，「故事大王」才是他的職分呢。

每當海面像明鏡一般平靜，美麗的太陽，像一朵紫紅色的玫瑰花朵。從那朵玫瑰花上，發出如雲霞一般的光彩，照透到水層裡來的時候，故事大王就帶著無千無萬的小魚們，到這個美麗的水層裡來講故事了。

他的年紀比一切的魚類都來得高。所以他所看到的所聽到的有趣味的故事，也比一切的小魚們都豐富。倘若你要聽，他又喜歡講的話，那末盡可以無日夜地講下去，都不會有講完的一天的。小魚們看見他，就好像看到自己的母親一般，個個都笑嘻嘻地拉著他的手，要他講好聽的故事給他們聽。他亦如同慈母一般地愛護著一切的小魚們。不過，他有兩條極嚴厲的規矩，就是：凡來聽他講故事的人，當他在講故事的時候，不能作聲；同時每個人都必須有一種特長的本領，在他講完之後，來表演給他看；而且還要使他能夠讚好的。倘若這兩條當中，有一條不能做到的，他立刻就要張起大嘴，把你一口吞進去了。因此，蝦姑娘就學彈三弦；小銀魚就學跳舞；鯽魚媽媽也學著「唧——唧——」歌。總之，要想聽故事大王講故事的小魚們，都很用心地在學著一種專長的本領。

有一天，美麗的陽光，正照著海面，魚王帶著許多小魚，在透著陽光的水層裡剛講完了故事；接著就是螃蟹老頭吹笙，是蝦姑娘彈三弦，鯽魚唱歌，嬌麗的小銀魚，披著一件玉色的銀紗，跟著音樂的節奏舞蹈著。啊！她那小妖一般的眼睛，那苗條活潑的姿態，那……啊！她真是怪美麗的喲！她真是可愛得媚人喲！魚王微笑著，像失了靈魂似的木立著，呆瞪瞪地看著小銀魚的一舉一動。但是不幸的事來了，天空中忽然「空隆」地一聲雷響，那平靜無波的海面上，霎時來了一陣狂風，吹得海水像發了瘋一般地奔騰著，洶湧著。把正在歡笑的小魚們嚇得心驚膽碎，連忙逃到水晶宮裡去了。但是有經驗的故事大王，他卻喜歡這種意外的變故呢。因為在這種變化的時候，他又可以得到許多講故事的材料了。

他浮到海面，把身體的一半露在水上；細心靜氣地看著聽著這次風伯和水仙開戰的情形。預備在明天來講給小魚們聽。

這時，有一隻小帆船，被風浪直趕下來；這隻船裡只有一個小孩，他是出來找他的父親的。他的父親在三四年前，一個人駛著一隻小船，到外洋去做生意。但是一直到現在還沒有回來，而且連資訊都沒有。因此，這位勇敢的小孩，就別了他的母親，到這個大海裡來尋找他。可是剛在他出門的第一天，就碰到這陣大風浪了。

可憐的小孩，他在那隻小船上，像一張小葉子似的，在那洶湧的浪山裡，上下飄蕩著——啊！這是多麼可怕喲！他睜著失神的眼珠，絕望地等著海裡的大魚來吞咽他。船上的門舵被浪打破了，那張小小的白帆也被風撕壞了。現在他是完全沒有希望了。但是事情是來得這樣巧妙的，當他正要合眼來向他的母親告別的時候，忽然有一座極大的高山——其實就是鯨魚——現在他的眼前。啊！這是多麼快活喲！他再看那座山正對著他的這一頭，還有一個極寬大的港灣——鯨魚的嘴——可以給船兒避風浪，因此這位勇敢的小孩，就像在死城裡碰到一個活人一般地快活。他馬上掀起已破的白帆，握正將要斷裂的門舵，準對那個港裡駛去。

過了一忽兒，船就進港了，這港裡的風是小得多了。可是水還是那末急的。他想馬上就泊下來休息一下；但是水的力量像兩條粗大的手臂，推著一片竹葉似的推著小船，船是完全失了主權了，它跟著水流飛跑一般地，從大港直駛進裡港——鯨魚的喉嚨邊——再從裡港又駛進一個大山洞——喉管——這裡光線就漸漸地黑下來了。水面也漸漸地窄起來。最後，當光線黑得像黑夜一般黑暗的時候，船兒就在這裡擱住了。

勇敢的小孩，下了船用電筒照著四周圍。看到是一個圓圓的，而很潮濕的小山洞。洞是平橫地生著的。他用電光射照進去，好像是沒有盡頭的。他想：「這是什麼地方喲？怎麼有這麼一個深洞呢？這洞裡不會有害人的東西嗎？！」他心裡有些害怕了。但是他的好奇心助了他無限的勇氣。他佩著一把鋼刀，開著手裡的電燈，向前走去。

他經過許多地方，所看到的景象都是差不多的，尤其是山洞的大小，竟可以說是同一個模型裡造出來的。後來，山洞又漸漸地寬大了。於是，又是一個極大的洞谷——肚子。

這個洞谷裡，有許多腐爛了的肉塊和骨頭，堆滿在遍地。洞的四周圍都長著許多極密極細的毛草。雖然都是很嫩的樣子，但是顏色完全是黃的。這時，勇敢的小孩也嚇得發抖了。他想：「這一定是什麼魔鬼住的地方了。那許多屍骸，不是一個很好的證據嗎？啊！我是來送死了！」他這樣想著，戰慄著，但是他的腳跟卻不自主地繼續著前進。

過了一些時候，他又看到一所小小的房子——這房子是一隻小船。他又看到那間小房裡有一個白髮的老人，而且是一個很熟識的老人。他在那裡，用一把小刀，割下壁上的泥塊，放在一隻小鍋裡煮。然後又點著一支紙卷，在煤油爐邊「北鼠，北鼠」地抽著水煙。這時候，小孩更覺得奇怪了，他想：「這是怎麼一回事呢？我在做夢嗎？不然，在這個洞裡的老人，我怎麼會相識的？」但是他看著老人的一舉一動，都表示他是一個很和善的人，所以他又想：「這位老人家，決不是壞人，更不會是什麼魔鬼。」他一面想著，一面就接著走近老人的身邊。

「喂！你……你是什麼人喲？」老人在沒有留意的時候，忽然看見有一個小孩出現，嚇得他連話都喊不出來，他連忙拿出一條粗長的木棍，放在手裡，好像是他早就預備好的。

「我，是一個小孩子——人——」小孩子說。

「你為什麼到這裡來的？」

「我是為找爸爸出來的！」

「你的爸爸做什麼的？」

「做買賣的。」

「出去幾時了？」

「已經有三年多了！」

「哎——」老人問到這裡，他連忙拉著小孩子，拿起他胸頭的銀牌（是剛出世時父母給他掛上的），細細地一看。他知道了，他知道這個孩子就是他的兒子了，這時，他們父子兩個，擁抱著，深深地擁抱著，互相哭訴著別後的情境。後來，小孩問道：「爸爸，這是什麼地方呢？」老人說：「這真是一個奇怪的地方喲！但是叫什麼地名我也不曉得呢。」「什麼？」小孩覺得有些奇怪，「怎麼你也不知道呢？那末你怎樣進來的？」「啊！那是更奇怪了，我在出門的第一天，剛駛到一座高山的山邊經過，忽然聽得『則』的一聲，我的小船連人就到這裡來了」。

這時小孩也將他所經過的一切情形訴說一遍。於是他們都覺得更加稀奇了。

小孩子問道：「爸爸，你把壁上的泥塊放鍋裡煮做什麼呢？」

「啊！我正預備告訴你呢。這真是極稀奇的事喲——我當吃完了艙裡所有的糧食之後，正在要斷糧的時候，於是我就不顧一切地，用這把小刀在這個洞壁上亂挖，想要挖出一條出路來。但是，山洞沒有挖穿，倒挖出這一塊一塊，像魚肉一樣的東西來了。那時我什麼都不問了，所以就把它煮起來吃。誰知道它的味道還有這麼鮮美呢！」他說著，就用一口小碗，盛著一碗滿滿的魚肉，給他的孩子吃。接著又問道：「滋味好嗎？」

「啊！好極了！」實在是肚子餓的緣故，這種的魚肉，並不是真的好吃的。

小孩接著說：「那末我們不要愁吃了，有這樣寶貝的泥塊子。」

老人本來是很快活的，但是給小孩這一問，卻不知不覺地從那枯乾的眼眶裡流出幾點眼淚來。他震慄著聲帶說：「但是我們不能生吃喲！現在——煤，油，火柴都將要用完了！」

小孩聽了這句話，也憂愁得哭泣了。他想：「生吃是怎麼樣也不能夠吧！」不過他是一個聰明而勇敢的好小孩。所以就在沒路的時候，他還想活的。他哭了一回，就對爸爸說道：「爸爸，我們覺得這裡是一個奇怪的山洞；但是還不知道究竟是怎樣一個洞。我想，這樣長坐在這裡哭泣，是沒有用的。還不如再向前走去，一方面可以探探這洞裡到底有些什麼？同時也許會找出一條生路來。爸爸，你想對嗎？」

老人覺得他孩子的話很對，於是就拿著鋼刀，開著電筒，又向前進行了。走了許多時候，山洞又漸漸地窄小了，而且是愈走愈小了。最後，他們走到了路的盡頭——魚尾巴。這時手電燈裡的乾電也完了。「唉！這就是我們的末路到了！」這時，老人悲傷地握住他孩子的手，這樣說了。但是勇敢的聰明的小孩，卻不因此而灰心。因為他在路上，就想到「到了洞的盡頭」這一步的。

他抽出腰間的銅刀，在土牆上，拼命地挖著一個可以容一個人出去的小洞。牆上的泥乾是很容易挖下來的。他們父子兩個，你挖一陣，他挖一陣，不到多少時候，就挖進了幾丈深了。而且從這個洞的外邊，還透進了一抹淡淡的光線呢。

「啊！那是一個月亮吧！」老人喊起來了。

「就不是月亮，亦總是有一線光明了！」小孩這樣回答著，他的工作做得格外起勁了。

光線愈來愈強了，現在只要用力一些的一刀，就可以挖穿了。

「嗤——」果然，只有一刀，洞就穿了。但是洞外卻完全是水的世界喲！啊！水像漲潮一般地湧進來了。老人嚇得連忙跑回原路去。勇敢的小孩，他一心一意要看一看洞外的世界，不料來了這許多水，把他也嚇慌了。但是他還站在那裡，用挖下來的泥塊去塞住那個洞。可是水的力量好像千軍萬馬在那裡進攻一般。任他怎樣奮勇也不能止得住。

水漸漸地滿起來，不久就要沒到小孩的腹部了。現在他也只好逃走了。可是當他正要轉身的時候，忽然有斷斷續續的，極優美的琴聲和歌聲，跟著水聲一齊進來。「啊！哪裡來得這樣好聽的音樂呢！」他覺得奇怪了；但是他猜想，外面一定是有人了。不然，哪裡會有琴歌的聲音呢？

他被那美妙的音樂迷醉了。他巴不得變成一隻水鳥，立刻就飛出去，聽一聽那消魂的歌聲，和看一看那唱歌的歌人。

「孩子！你在那裡做什麼？快些上船來！」這時老人已經駛著那隻當做小屋的小船，臉上現著得勝的微笑，來迎接他的小孩子了。

「爸爸，外邊有極好聽的歌聲啦！」他說著上了船，於是順著水流，駛回原路去了。

他們駛過進來時所經過的一切地方。一直駛到光亮的，闊寬的大港——嘴巴。這時，美麗的小銀魚舞著媚人的軟體舞，蝦姑娘奉著幽雅的三弦，還有許多姣麗的姑娘的唱歌。啊，啊！故事大王是完全迷醉了。他笑閉著眼睛，張開大嘴，如石像一般地橫在那裡。勇敢的小孩和白髮的老人，坐在小船上，從他——鯨魚——的牙縫裡逃出來，揚著高帆，在那平波靜浪的大海裡駛回家去了。

一九二九，九，二二，在曉莊。

魚簍

一間破漏得不能夠遮風避雨的小屋子裡，住著兩個窮苦的兄弟。哥哥名叫三眼，他是一個陰險不過的人。但是他的弟弟一明，卻是一個非常忠實而帶有呆氣的小孩子。

有一天，三眼對他的弟弟說：「一明，我們家裡的東西，除了這頭大水牛以外，再也找不出第二件值錢的東西了。我們再若照這樣下去，恐怕不久就要沒有飯吃了。我想還不如趁早就來把它分了，讓我們各做各的事業去好些。你想這個辦法怎樣？」

一明聽了他哥哥的話，覺得很有道理，所以立刻就答應了。不過他卻想到一個困難的問題。他說：「但是，兩個人分一頭牛，要怎樣分法呢？」

三眼知道一明是一個呆子，所以就想起一個方法來哄騙他。他聽了他弟弟的話，先故意裝著很困難的樣子說道：「唉，這確是一個困難的問題，怎樣辦呢？——」三眼說到這裡故意停下來，但是忽然又高興著說道：「好了，好了，辦法倒給我想到了。哈！這真是一個極好的辦法喲。不過，不曉得你贊成不贊成呢？」

一明聽說有一個極好的辦法，連忙請求他哥哥說：「好哥哥，請你快講罷，有什麼好辦法，我是一定贊成的。」

三眼聽了他弟弟的話，心裡快活得像一隻小鹿在那裡竄跳一般。但是他臉上卻裝著很誠實的微笑。這樣對他的弟弟說：「好，那末我就告訴你這個極好的辦法吧。就是這樣：我們把牛牽出來，讓我來拉住他的鼻子上的一點地方，你來拉住他那條長大的尾巴的全部。看給誰拉過去，這牛就算是誰的。你想這個辦法好不好？」

一明心裡想：「牛尾巴比牛鼻子長得多了。現在哥哥給長的尾巴讓我拉，這倒是一件占上風的辦法呢。」於是他就答應了這個辦法，接著就雀跳一般地到牛房裡去，牽出一頭又大又肥的大水牛來。

現在他們兩個要來比賽拉牛了，三眼拉著牛鼻子，一明拉著牛尾巴。喊著一二三，兩邊就一齊動手用勁地拉。

啊！傻氣的一明呀，牛是跟著鼻子走的。三眼在牛鼻子上輕輕地拉，牛就給他拉過去了。一明用盡了氣力，所得到的，是在尾巴上拉下了一隻小小的牛虱。他因為拉不到牛，所以就很小心地將這隻牛虱養起來了。

有一天，一明到他的姑母家裡去吃喜酒；他把他唯一的家產——牛虱——也帶去了。當吃酒的時候，他就把它放在他的座位上，這時桌下剛巧來了一隻公雞，他看見凳子上有一隻很肥美的牛虱，馬上伸長著頭頸，把它一口吞吃了。

一明看見他的牛虱被公雞吞吃了，急得大哭起來。許多吃喜酒的客人，看得都莫名其妙，不曉得他為什麼要這樣大哭。後來，他的姑母走來問他：「傻孩子，今天是喜日呢。你為什麼哭呀？」這時一明就把他同哥哥分牛的事情說起，一直說到牛虱被公雞吃了為止，講了出來。講罷，接著又大哭起來。

他的姑母，看他哭得這般悲痛，馬上就對他說：「好一明，你不要哭了，我就把這隻不規矩的公雞賠給你吧！」一明聽姑母說把公雞賠給他，於是立刻就停止了哭，很高興的把那隻公雞捉住，用一條紅色的毛線結住它的腿，很小心地放在腳邊。

過了一些工夫，桌底下又來了一隻大黃狗，它看見這隻大公雞，馬上就上去，看準了它的頭頸，一口就把它咬死了。一明聽見雞叫，連忙向桌下一看，這時他的公雞又被狗咬死了。

啊！這次他哭得更厲害了。他的姑母聽到他的哭聲，又跳出來問他：「你為什麼又哭了？」一明又把大黃狗咬死他的公雞的情形講了一遍。接著又是拼命地大哭起來。他姑母看他哭得這個樣子，又好好地向他說：「不要哭了，孩子，我就把這頭大黃狗賠給你吧！」一明聽了他姑母的話，立刻就不哭了。他連忙拿來一條繩子，在大黃狗的頭頸上結著一個結。吃完了喜酒，就帶著它回家去了。

一明從得到這頭大黃狗之後，就天天在那裡想方法，要教他的狗會耕田，他起初照著教牛耕田的法子去教它。但是它死也不肯向前走。後來他費了許多時間，試驗了許多方法。果然有一個巧妙的好法，給他想到了。

他知道，狗是最好吃的東西，所以他拿了許多香噴噴的肉塊，每耕一路田，就把肉塊放一塊在前面。狗看見前面有一塊美味的肉塊，就拼命地向前拖去。因此一頭向來不會耕田的狗，也會像牛一般地耕起田來了。

有一天，一明正背著他的犁，牽著他的大黃狗到田裡去的時候，在路上碰著許多挑棉花的工人。那許多挑著棉花的，看見一明背著小犁，牽著一頭狗，覺得很奇怪。所以就問道：「小兄弟，你牽著這狗做什麼去呢？」

一明說：「耕田去。」那些挑棉花的人聽了他這句話，更覺得稀奇了。他們是不相信狗會耕田的，於是就對一明說：「你不要騙我們罷！如果你的狗真會耕田，我們情願把我們所有的棉花都送給你；而且還送到你的家裡。倘若不會耕田的話，那末就請你把我們這許多棉花送過前面這座高山嶺。」

一明聽了他們的話，馬上就用起他的方法，叫他的大黃狗真的耕起田來了。那許多挑棉花的工人看了，只好嘆著氣，把他們的棉花都送去給一明。

三眼看到他弟弟的家裡忽然來了這許多棉花，覺得奇怪得很。他連忙去問一明：「一明，你這許多棉花哪裡來的？」一明就告訴了他一切的經過。三眼聽說之後，馬上就向一明借去那隻大黃狗和一把小犁。

三眼牽著大黃狗，在路上高聲喊道：「我的狗會耕田，我的狗會耕田。誰若不信，就來賭一賭看。」這個時候，剛巧來了許多賣鐵的，挑著滿擔很重的鐵，從這個地方經過。他們聽到三眼的話，馬上就停下鐵擔，對三眼說：「好，我們同你賭一賭：你的狗如果真會耕田，我們就把這裡所有的鐵都送到你的家裡給你。倘若不會耕田，那末就要你把我們這許多擔鐵送過前面這座高山。」三眼聽得快活極了，他好像已經得到許多擔鐵似的，手舞腳蹈起來，他馬上就架起犁來耕了。

不料這隻狗死也不肯向前走。因此，可憐的三眼只好替他們送那許多又重又多的鐵擔了。

他費了許多時候，肩膀上都起了皰，兩條腿也挑跛了。身上流了一身臭汗，才把他們所有的鐵擔送完。這時他氣極了。他心裡像燃燒著烈火沒處出氣，看見那隻大黃狗還站在那坵田裡；連忙就拿起一塊大石頭，把這隻可憐的大黃狗一下就絕命了，啊！可憐的大黃狗喲，你就永遠不得再見你的好友一明了。

一明等到他的哥哥回來，馬上就去向他要還他的大黃狗。三眼看見了一明，他非但不講道歉的話，而且還狠狠地說道：「你要還狗嗎？哼，請你自己到田裡去牽吧！」

一明聽到他哥哥的話，馬上就到田裡去。但是他在田裡看到的大黃狗已是一頭直僵僵的死屍了。啊！這是何等傷心喲！一明幾乎要昏倒了。他抱著狗的屍首大哭了一場。後來又在他的田角上做起一個很精巧的小墳，給大黃狗葬了。

從大黃狗死了之後，一明的心裡非常的悲喪。他每天早上都要到它的墳上去看一次。他看見田野裡的花開了，就採集來種在它的墳頭，還這樣切切地說著：「我親愛的朋友呀，你現在是在睡覺吧！你好好地睡吧！我來給你戴花了，你知道嗎？親愛的狗兒呀。你好好地睡著吧！」

時間是一天一天地過去，但是一明的悲哀卻一天一天地加重了。到後來他就生起大病來了，他在病裡時常夢到：牛虱被公雞吞吃；公雞又被大黃狗咬死；大黃狗被他的哥哥打死一類的事情。有一天，一明正在非常苦悶的時候，忽然來了一位非常美麗的姑娘。她很和善地對一明說：「可愛的孩子，你不要再悲喪了。你的朋友——牛虱，公雞——現在都很好，也很快樂。你的大黃狗現在已經變成一株紅竹子了。你去把那杆紅竹子砍倒，劈成竹絲，編成捕魚簍，你就能夠捕到無窮盡的魚了。」她說到這裡，忽然又不見了。

一明聽了她的話，知道他的一切朋友都很快活，心裡高興極了，所以他的病也頓時就減輕了許多。第二天早上，當太陽還沒有起身的時候，他起來洗了臉，馬上就飛跑到大黃狗的墳上去了。

說也奇怪，一明病了許多時候沒有來看，今天來一看，果然有株紅色的竹子出在墳上，並且還長得很高大了。他這時知道夢裡那位姑娘告訴他的話是不錯的。但是他看見這棵紅竹子，生得這般美麗可愛，還不住地向他點頭微笑。因此他不但捨不得把它砍倒，而且還戰慄地上去，像抱一個可愛的小朋友一般地抱著它。

正在這個時候，忽然聽到「鐵嚦啪啦」一陣亂響，從那紅竹子上落下無數的金銀珠寶；鋪在一明的周圍，閃閃地發著光亮。一明看見有這許多珠寶，心裡快活極了。他把它羅在衣襟裡，帶著回家去。

三眼看見他的弟弟得到這許多金銀珠寶，心裡非常羨慕。他去問明一明怎樣得到的法子之後，馬上就挑著一擔大筐子，偷偷地到大黃狗的墳上去搖寶貝去了。

他一看到那株竹子，連忙就拼命地搖著。不到一刻工夫，也真的「鐵嚦啪啦」地響了。但是竹子上落下來卻是無窮盡的狗尿狗屎！三眼的頭上，臉上以及身上的各個地方，都通通的塗滿狗尿狗糞。

他氣極了，他立刻抽出一把柴刀，一刀就把這棵紅竹子砍倒了。

一明看見他的哥哥回來了，歡歡喜喜地出去問他：「好哥哥，你得到多少珠寶了？」

三眼看到他的弟弟真是恨極了。他像牛吼一般地答道：「財寶嗎，多得很呢。連那株紅竹子都被我砍斷了。」

一明聽到這話，真急得要發狂了。他如飛一般地跑到大黃狗的墳上去一看，一株美麗的紅竹子，果然被他的哥哥砍倒了。

啊！這是使他何等地痛心喲！他抱著紅竹子放聲大哭，哭得連天上的飛鳥都將悲哀得不能再飛了。這樣哭了許久，他又想起夢裡那位美麗的姑娘告訴他編魚簍的話。於是他就把它帶著回去，用力來劈成竹絲，費了許多工夫，就編成大小兩隻捕魚簍了。

他編好了捕魚簍，就到海濱去，把它放到海裡。當放魚簍的時候，他這樣說道：「大魚進大簍，小魚進小簍，明天倒出來的時候，一簍變十簍！」

到了第二天，一明去看的時候，果然看到兩魚簍滿滿的魚。後來把魚倒出來，只見簍裡的魚愈倒愈多，簡直像無窮盡似的。等倒完了一看，實在有二十來簍大小的魚條。

啊！一明快活得跳起來了，他連忙把這許多活跳跳的鮮魚都挑著回家去。

三眼看見一明捕到這一大擔的魚，心裡非常的嫉妒。於是他又去向一明借魚簍了。一明想：「這樣容易捕的魚，也樂得讓哥哥去捕一些來吃吃。」一想罷，又告訴他關於捕魚方面的一切的話語。

三眼借到捕魚簍，在漆黑的深夜裡，走到海邊，照著一明告訴他的話說道：「大魚進大簍，小魚進小簍。明天倒出來的時候，一簍變十簍。」

第二天，實在還是夜神佔據世界的時候，三眼就去了。他把兩隻捕魚簍從海水裡撈起來，果然也是兩簍滿滿的。這次，他快活了。他心裡想：「我的命運終究是來了——」但是倒出來一看，卻不是魚，原來是兩條極大極凶惡的毒蛇。那兩條大蛇看見了三眼，連忙張起大嘴來，一口就把他吞下去了。

這兩條大蛇，吃了三眼，帶著這兩隻魚簍就不見了。從此之後，這兩隻奇怪的捕魚簍和這狠心的三眼就永遠沒有蹤影了。

一九一九，一，三，在曉莊。

自由的蒲公英

古時候，有一個公主，她非常地愛花。因此，國王就召集了許多農民和全國裡所有的花園技師，來建造一座極寬大而又極美麗的花園，專來給他和公主倆進去遊玩。

這座花園裡，四季都開著許多豔麗的香花，結著許多甜蜜的果實。還有許許多多姣麗而又善歌的小鳥。每當太陽東升或西沉的時候，她們就站在樹的梢頭，花的枝頭，唱出一種極婉轉，極優美的迎陽歌或送陽曲。這種歌聲能夠使一切愁悶的人聽了，立刻就會像天使一般地快樂。可惜，這座花園的四周，都圍起一道又高又厚的圍牆。因此這許多芬芳的花果和這許多優美的歌聲，除了供給公主和國王兩個享受以外，其餘誰也享受不到了。

有一天，美麗的太陽正從東方出來，照得草地上的露珠，顆顆都變成金珠一般地閃亮的時候，公主同著國王又來了。

於是牽牛花就吹著宏壯的喇叭；鳳尾鳥蘿跳著軟體舞，牡丹花擦了滿臉的香粉；青草兒和她的腳跟接吻，黃鶯唱著快樂的歌兒，池裡的青蛙，奏著急進板的進行曲；……「啊！我們的公主來了！」這時候，園裡一切的東西都這樣呼喚著，熱烈地歡迎著他們的主人。當公主和國王走到他們面前的時候，他們就儘量地獻出他們所有的本領，來討他們主人的歡喜。

因此公主快活極了。她笑嘻嘻地用她那潔白的小手，撫摩著牡丹花的粉臉，還輕輕地說：「可愛的牡丹，只有你是最可愛的……」

「公主，我是最歡喜你的，難道你忘記了我嗎？」芍藥花看見公主在稱讚牡丹，她漲紅了臉，不等公主說完，就這樣嫉妒地搶著說。

「啊！可愛的芍藥喲！我也歡喜你的！」公主看芍藥生氣了，連忙跑到芍藥的身邊，這樣安慰她說。

牽牛花看見公主專在和牡丹、芍藥談心，她心裡非常的難過。因此，喇叭也不吹了。

鳥蘿因此也不跳舞了。她不住地嘆氣，不住地在那裡搖頭。

這時候，全個花園裡的一切，除了牡丹和芍藥以外，其餘全都要哭了。

歡喜唱歌的小鳥，害羞得躲到樹的濃陰裡去了。喜奏樂曲的青蛙，也拋棄了他的樂器，沒趣地躲在青草蓬裡流淚。

啊！他們是如何地嫉妒牡丹和芍藥的光榮喲！他們是怎樣地痛恨著他們的主人——美麗的公主——喲！但是，等到公主來到他們的面前，那些正在哭的，在嘆氣的，在咒罵的，忽然又快活起來了。

「你們這些不要臉的賤東西，一下子哭，一下子笑，一下子痛恨，一下子又歡迎；這種行為我真看不慣！」蒲公英站在池塘的岸邊上，用很重濁的聲音，這樣地向他們罵。

「講話的是誰呀？」含羞草含羞地躲在鳥蘿的裙底下，聽了蒲公英的罵聲，用手遮住臉，很不安地問著。

這時候菊花伸長了頭頸，驕傲地向蒲公英說：「啊！原來是蒲老頭子；怪不得公主不去愛他喲！」

蒲公英聽了這些話氣極了。他說：「不要臉的東西喲，你們是做了公主國王的奴隸了。所以他們不愛你們，你們就要哭，就要嘆氣。但是我是不在乎的。因為我是為我自己而生活的呀……！」

蒲公英說話的時候，公主已經走到他的面前了。但是他生得很醜，年紀又大了，而且又不去歡迎。因此公主氣極了。她不等蒲公英說完，就狠狠地說：「我不歡喜你！」一說著一把抓住他的腰，狠狠地把他拋到圍牆外邊去了。

這時，蒲公英感到一種極烈的痛苦。又聽到牡丹，鳥蘿等譏笑的厲害。啊！他的心裡是何等地難過喲！他像發了瘋一般地跟著風姐，在那蔚藍的天空中亂跑，他想跑到一個看不見那些不要臉的民族的國度裡去。因此，他坐在風姐的懷裡，眼睛不住地朝著四下察望。

他飛過了高的山，闊的海，繁華的都市……最後，他看到一片綠色的山野，那裡有爽直的松樹，有溫和的楊柳，有清涼的流水，有許多芬芳的好花。他們都是極快樂，極和善的人民，個個都非常客氣。她們看見蒲公英，個個都彎著腰或張著手在歡迎他。因此，他就從風姐的懷裡下來。住在這自由的，快活的，廣大的山野裡了。

這個廣闊的原野裡，時常有勤勞的農人，荷著鋤頭，在田間做工。等做到疲乏的時候，就睡在柳樹底下，蒲公英的身邊，聽著小鳥歌唱。

有許多美麗的花朵，開放著芬芳的香味，送給牧羊的姑娘。

還有可愛的蜂，蝶，時常在他們的身邊逗遛遊玩。它們不用害怕的。因為和藹的農夫，美麗的牧羊的姑娘，從來不亂採一朵小花，或攫殺一隻蜂、蝶。

現在，蒲公英快活極了。他住在這個美妙的自由的山野裡，和這許多和藹的朋友們住在一起，過著一種歡樂的生活。從此以後，再也沒有人來嘲笑他，欺侮他了。啊，這種歡樂的生活，除了不愛虛榮，不貪安逸的人們能夠享受以外，那些住在高牆圍的花園裡的奴隸們是做夢也想不到喲！

一九二九，七，二三，在南京曉莊。

兩支奇怪的笛子

有一個毒心的婦人，她的臉麻得難看極了。不管誰，只要你一看見她那副凶狠的臉孔，馬上就會像小老鼠見著貓一般地害怕。她那一顆顆深而且大的麻點，密密地接連著生滿了臉；簡直連一枚針頭大的空隙都沒有了。你倘若先沒有看到她的身體和頭頸，你一定會很驚奇地叫起來：「啊！這是一個多麼大的蜂窩喲！」

但是她的心比她的臉孔還要凶惡，還要難看呢。她想在她活著的時候，要弄死一百個女小孩和一百個男小孩。她時常這樣想著：「咳，我在五十歲的時候，能夠弄死二百個差不多大小的男女小孩子，擺在我的面前，陪著我吃壽酒。這是多麼的有趣和光榮呀！」

其實這件事，在她是很容易做到的。因為她家裡這般地富裕：她有一百匹高大的白馬，有一百頭馴善的水牛，一百頭肥美的黃牛，還有一百頭驢子，一百頭豬，一百頭羊，和一百隻雞，一百隻鵝，一百隻美麗的白鴿……啊！多極了！她要用一百里周圍的土地來建造一百所極寬大的房子，給她所有牲口居住呢。

但是她只雇一個年輕的小孩來看管這許多東西，而且還用一種極凶狠的手段，對待她的小雇工。她不但是一天到晚要她的小雇工工作，而且連飯還不給他吃飽，睡也不給他睡好。每天，只用自己嘴裡吐出來的魚刺，肉骨和冷飯給他吃；晚上還要把他關在一間又矮又臭的雞窩裡去，要他同雞在一處睡覺。因此那一個個天真活潑的小孩子，到了她家裡，不久就變為皮黃骨瘦；再等一兩個月，就要長睡在那又矮又臭悶的雞窩裡，永遠不得出來了。

這個消息，不久就從一村傳到兩村，從一省傳到兩省，一直傳到什麼地方的人都知道這個麻臉婆的凶狠了。

但是她還是這樣大膽地做下去。她一點都不怕；因為她有這許多金錢，世界上沒有一個人敢去向她講理。她不愁沒有人來幫她；因為那無千無萬沒有家的，沒有親戚朋友的小孩子，雖然都知道：一進了那臭矮的雞房，就永沒有再出來的希望。但是比起他們在外面，整天挨餓，身上連一件破衣服都沒有，晚上睡在那樹林的山——野獸的家裡——總算好得多了。因此來做雇工的小孩子，個個都這樣安慰自己：「不管他，橫直總是一個死。況且到這裡來，起碼還有一個月可以活著……」因此麻臉婆雖然比一隻凶惡的野獸還要凶惡，但是來幫她的小孩，還爭著來送死哩！

現在，是輪到一光了，亦就是她所希望的最後的一個數目了。這時候，她恰正五十歲。那活潑可愛的小朋友，也已經給她弄死了一百九十九個了。但是她還很憂愁呢。她想：「我的壽日馬上就到了，雖然已經有了一百九十九個；但是我總得想一個極好的方法，能夠叫他——一光——馬上就會湊上兩百個才好！」因為這個緣故，她看待一光，就比以前那一百九十九個小孩子還要來得惡毒啦！她每天只用兩塊從狗的嘴上搶下來的骨頭，泡著一碗冷水，送給他吃。晚上把他關到擠滿著馬的馬房裡去，好叫那一百匹粗野的白馬，在一個晚上就把他踏死，咬死。啊！她的心是這樣陰毒喲！

但是一光，卻一點都不覺得這種生活的痛苦。因為他從小就苦慣了的。同時他還有一支極美麗的小笛子，能夠吹得非常地好聽；倘若碰到什麼困難或憂愁的時候，他只要把這支笛子一吹，於是什麼困難苦痛，都會立刻消解了。

他白天裡放著幾千萬頭的牲口到山野上去，由他們自由地在山上吃草，喝水，或休息。一直到了那顆美麗的太陽西下了，西天因為留不住太陽而羞紅了臉的時候，他才用他的小笛子，吹著非常迷人的曲調，將那無千無萬的牛，馬，羊……等，好像用繩子牽著一般，把它們趕回家來。

晚上他吹著優美的催眠曲。那滿房間裡正在亂跳，亂嘶的白馬，一聽到他的笛聲，就好像喝醉了酒似的睡著了。驢子聽到他的笛聲，也不敢再唱那又高又粗笨的悲歌了。豬兒停止了掘地的工作，不由自主地踱到馬房門外，站在那裡側著頭地聽著。鵝姑娘把長頭頸伸到馬房門裡去。兔子先生睜紅了眼睛，用兩隻後腳直立起來，筆豎著耳朵一聲不響地靜聽。鴨小姐的「呷呷」歌也不唱了。牛大哥很小心地躺在馬房門外，豎起兩隻大耳朵，出神地聽。因此，那些馬雖然凶，那些冒充音樂家的驢子，鴨子等雖然鬧；但是一光只要將笛子一吹，就什麼都寂靜了，平安了。

這樣一天一天地下去，一直到了兩三月之後，一光仍舊和新進來的時候一樣的快活。他白天裡因為不必去死守著那無法看管的牲口；所以就在那滿生著花果的山林裡，隨意地採吃那又紅又甜的果子。因此，他的身體，非但不像其餘的小雇工那樣地皮黃骨瘦，而且比起他在那無家無友的時候還要康健得多了。

這樣下去，毒心的痲臉婆是覺得奇怪了。她看看自己的壽日馬上就將到了，而一光還是活跳跳地沒一點死色。因此她非常愁悶。

有一個晚上，當美麗的月亮正從天窗上走進她的床上，那如同白銀一般的光輝正浴著她的臉上的時候，麻臉婆正在愁悶得不能安眠。她翻來覆去地在床上打轉著，想著一光不死的事情，她時常這樣嘆喊著：「唉，這個小東西，為什麼到現在還不會死呢！我的壽日即刻間就要到了。難道他——一光——非要我親手拿刀去殺他不可嗎？」

地球上的一切，都靜靜地睡在慈愛的月的懷抱裡，他的世界都沉醉在夢裡了。但是麻臉婆仍舊睡不著；她突出兩隻閃亮的眼睛，怒視著月亮；把月亮嚇得從她的天窗裡逃出去，一直逃到烏雲背後，躲在那裡發抖。這時忽然有一種低而清和的笛聲，從這寂靜的夜幕裡，傳到她的耳膜。「啊！這笛的聲音，是多麼地爽心呀！」她聽到這種從來未曾聽過的笛聲，馬上穿起衣服，跑出門來，跟著那聲音地方尋去。

她愈走愈近那聲音，也就愈覺得那笛聲的優美。等到她一直走到馬房門外——笛聲的發源地——經過的時候，她就像觸著電流一般地呆住了。她靠在馬房門口的牆壁上，同那些豬，羊，雞，牛……一樣地沉醉了。她失去了一切的氣力，像一個死人似的站立著；連呼吸都塞住了。

這樣站著，站著，一直站到一光抱著他心愛的笛子睡熟了，她才慢慢地從迷夢中轉醒過來。這時她氣極了，她連忙用鎖匙來開了馬房門，抽出一光懷抱裡的笛子，一腳就把它踏成兩片。然後又關上馬房門，很得意地說道：「嘿！原來是這支怪笛子在那裡作怪呵。我還以為這個小東西是一個不會死的小怪物哩！哈！現在看你還有幾天可活！」她就走了。

一光正在那黑甜鄉裡做著快樂的甜夢，忽然從那許多馬群裡走出一隻特別高大的白馬，它的毛色沒有一點黑點，並且是極其光滑，它的模樣生得非常的馴善可愛，真像一位慈愛的老人家一般地溫和。它走近一光的身邊，用它的軟唇推動一光。一光忽然從夢中驚醒，睜著朦朧的眼睛，看見一隻他平時最心愛的白馬用嘴觸著他的身體。他不知道是怎麼一回事，心裡害怕極了。正在這個時候，那匹高大的白馬又對他說道：「朋友，你的笛子已經被那個毒心的麻臉婆踏碎了；現在你不要再住在這裡了。請快跨在我的背上，我們逃走吧！因為你的笛子就是你的生命呢，你知道嗎？」一光聽了白馬告訴他的話，再低頭看見那支美麗的笛子——他的生命——果然碎了，變成兩片了。這時他悲痛極了，他瘋狂似的，抱住他的破笛，拼命地大哭。他的眼淚濕透衣襟；他的哭聲驚醒了一切的馬，牛⋯⋯

但是他不聽白馬告訴他的話，馬上就逃走。他想：「逃走，逃到哪裡去呢？這裡雖然要給馬踏，踢，咬。但是畢竟還有這麼一個馬房給我住喲！每天雖然吃的都是從她嘴裡吐出來的，從狗爪上搶回來的一些魚刺，肉骨和冷飯；但是到外面去，就連這一些刺，骨頭也不容易有喲！咳！我不是從外面跑到這裡來的嗎？我還要逃到哪裡去呢？」因此，他仍舊住在那裡。第二天也照常地放著它們到山上去。但是，困難的事情就從這時來了。那許多的牲口，因為沒有那支迷人的笛子來迷住它們，所以一直到了太陽西沉，大地變成漆黑一團的時候，它們還不肯回去。一光看到這種情形，心裡急極了。他又想不出一個能夠叫這許多牲口一同回家的方法。但是他又不能不送它們回去。因此他只好不怕辛苦，把它們分作幾十次來牽送——每次送著一種牲口回去。這樣，直送到痲臉婆早已睡熟了；他腳上走起了許多水皰，等到再也不能再走的時候，才把它們一切都趕回家來。

啊！這是多麼勞苦的工作呀！一光弄得疲倦極了。他跨進了馬房門，馬上就想倒下去舒服一下，可是他的厄運來了。那滿房子裡的馬匹，都像發狂似的亂叫亂踢；驢子走到馬房門前，因為聽不到那優美的笛聲，所以就真不客氣地放大了喉嚨，拼命地亂叫了。音樂家鴨小姐的「呷呷」歌，又在房門外高唱了。兔子氣紅了眼睛，一聲不響地走了。啊，現在的一光是多麼地苦痛，多麼地焦急喲！今天晚上，他是怎麼樣都過不去了。他的身體被馬踢得腫痛不堪，但是又有什麼法子想呢？那馬房門是鎖得緊緊的，馬又這樣多，他是完全失望了，他只好緊閉著眼睛，等待著黑衣的死神來抱著他去了。

正在他閉著眼睛在那裡默默地等死的時候，那匹高大而可愛的白馬忽然又來了。它急促著說：「朋友，你快些跳在我的背上，緊閉著你的眼睛，我們逃走吧！你倘若再在這裡，你的性命，就要同你的笛子同樣地被她結果了。」

「但是馬房是鎖住的，我們怎麼能夠出去呢？」一光也正想逃走了。

「這是很容易的，只要緊閉著你的眼睛，坐在我的背上，於是什麼都好了。」

因此一光就帶著那兩片破笛，坐在白馬的背上，緊閉著雙眼，只聽得耳邊有「呼」的一聲，那匹馬立刻就站住了。它說：「現在你開起眼睛，快下來吧！」

一光跳下馬來一看，只見兩座高山夾著一條寬大的馬路；在馬路的兩旁有極大的常綠樹排列著；在樹的濃陰下，有各式各樣的花草配合著。啊！這是一條多麼美麗而寬大的道路呀！在這條道路上來往的人，是何等地愉快呀！

這時那匹白馬又對一光說：「朋友，你一切的希望，你一生的幸福和光明，就在這條道路的東邊。你好好地向這方面走去吧！」它說完了話，像一顆流星似的跑了。

一光這時高興地照著白馬告訴他的話，朝著東方前進。他忘記了疲倦，忘記了一切的痛苦，他像跑步一般地向前走去。他經過了許多小山，大山，最後忽然來了一個無邊無際的大海，橫住他的去路。在海的邊岸上，有許多比刀還要尖利的岩石，圍住了大海，做著這海的欄杆。「喲！這怎麼好呢？連路都走完了；還要想什麼希望呢？」

他心裡苦惱極了。他的眼淚像奔流一般地淌出來，滴在海水上，跟著水浪湧成波濤。他哭腫了眼睛，哭啞了喉嚨。直哭到連眼淚都流乾的時候了，從那比刀還要刺人的岩石上，忽然發出一種極凶厲的喊聲：「呸，你不快來救我出去；還在那裡適意地唱著怪難聽的山歌哩！」

一光馬上抬起頭來，向那發言的地方看去。他看見有一個年紀非常高大的老太太。她臉上的皺紋，一條一條都像山上的溪流一般地深刻。她的頭髮白得像一束銀絲。她還有很長很白的鬍子。她是一個有鬍子的老太太。她的臉貌很難看，她說話也全沒有禮貌。她看見一光還站在那裡向她凝望，於是她又開口嘶喊了：

「唉！你這個小傢伙，難道就站在那裡看著我受苦嗎？」

一光聽了她的話，心裡非常地氣憤，他想：「哪裡得這樣沒有規矩的老貨——」但是看到她被那尖利的石刀圍抱著她的四周，連一舉動的自由都沒有了。因此他又很替她可憐。他忍著她的咒罵，忍住腳底被刺破的疼痛，爬到她的身邊，很和氣地對她說：「老太太，你什麼時候到這裡來的？」

「啊！那是記不清楚了。不過我能夠告訴你，我來的時候，只有我一個人，現在我又生了一個這樣大的小孩子了。」說著，從她的腋下又鑽出一個缺嘴，獨眼，倒生鼻子的怪小孩。

「啊呦！他的眼睛怎麼只有一個喲！」

「怎麼，你以為一個眼睛不好看嗎？」

「好看是講不到了，就是看東西也不便當吧！」

「呸！你曉得什麼？要這樣才算是真美呢。並且還有一層用意——因為現在的人，都有兩隻眼睛，所以不管做什麼事，總不能專心。譬如小學生吧：他們總是一隻眼在看書，那一隻眼又看到遊戲場上去了。你懂得這個道理嗎？」

「但是那個鼻子倒生。總是弄錯了吧！」

「蠢東西，你曉得什麼呢？那鼻子朝上的用處真大極哩！你想：我們吃飽了飯，就把那隻筷子，插在這鼻孔裡；寫完了字，就把筆桿放上去。這是多麼便當呀！笨傢伙，懂了這個嗎？」

「那末那個嘴缺了一半，這總是太難看而又不適用了！」

「呸！你簡直是一個木頭人。我真懶得告訴你了。你想，現在一般有錢的人，他們把整個的蘋果，滿口的魚肉，完全吞了下去；那些窮人，就連一點點的粉沫都吃不到。現在他的嘴缺了一半；吃起東西來，起碼也會落下一半來，讓給一班沒有得吃的窮人們吃吧——啊！你還在問東問西，把我們的痛苦倒忘記了！」

「老太太——我有什麼方法能夠救你們呢？你看，你們的身體不是被岩石捆得連一轉動都不可能嗎？」

「那末你是不想救我們了？」

「不是，我並沒有這樣想過。」

「那末你用你的聰明和你的勇氣就夠了。」

這真是一件不容易做的事情。一光的腳底已經被石刀割破了許多地方。那鮮紅的血液，從傷口上湧出來，染得那岩山上一斑斑的血跡，好像一朵朵赤色的玫塊。但是他為著要救別人，所以也就顧不得自己了。他用兩支破笛片，分給他們母子兩個握住；自己咬緊牙根，站在那如刀一般尖利的岩石上，用勁地一拉。說也奇怪，只聽得「轟」的一聲，那山縫忽然裂開，他們母子兩個也跟著跳出來了。這個時候，那位老太太卻忽然變為一個很和愛可親的人了。她很感激地向一光道謝道：「我親愛的小朋友，能夠像你這樣，不顧自己的痛苦，來救旁人的，只有你一個。現在我應當儘量來酬謝你，請你隨意說你心中所想要的一切，我都能夠給你。」

「老太太，我什麼東西都不想要。不過請你告訴我，我要到什麼地方，才能夠找到我的快樂？」

「啊！這是一件很容易的事，你只要渡過這個海，你要想什麼，你要怎麼樣做，一切的東西都會有了。」

「但是我怎麼走過這個大海呢？」

「這是很容易的，只要你把我的小孩子拋到海裡去，這個無邊的大海，立刻就會變成陸地，讓你過去了。」

「唷！這樣幹法，我不願意。我寧可在這裡受苦，我決不忍心幹這樣的事體。」

「那末換了一個法子，請你用你手中的兩片破笛，在我們兩個身上亂抽。直抽到我們的皮肉都變成肉醬的時候，你一切的快活和幸福馬上就會有了。」

「謝謝太太！我最不願意看著別人為我的幸福而受苦。並且為著一個人的幸福而犧牲了兩個的幸福，這是最不應該的。我決不忍心這樣做！」

「啊！我敬愛的小朋友呀，你真是一個又勇敢又和善的人了。我最喜歡這種人。現在我要用我的全力，儘量來幫助你了。」說完，她和她的兒子，拿著一光的兩片破笛，在嘴上裝著吹笛的樣子。裝了許久，忽然從那兩片破笛筒裡，吹出一個同樣的調子。那調子的和諧，那笛聲的幽雅，真是世界上從來沒有聽過的。一光雖然是一個極有名的吹笛者，但是他聽了這般優美的笛聲，就像失了靈魂似的木立了，好像喝醉了美酒一般地沉醉了。真的，從這兩片破竹管裡，吹出來的聲音，真太美妙了。那在飛的天鵝，聽到這種聲音，也像墜星一般地落下來了。那在奔流的波濤，在飄蕩的風雲，聽到這般迷人的笛聲，都好像失了靈魂一般地停住它們的腳步，站住了。啊！這時候的世界，是全被那兩片笛子的聲韻迷醉了！

一光呆立著像一個石炭模形。等他醒來的時候，那位老太太和她的兒子早已不知去向了。他像做夢似的發覺地上有兩支極美麗的笛子。一支是白色的；一支是紅色的。那兩支笛子的樣式和顏色，都非常可愛。一光看見了，快樂得簡直像發了狂。他如餓狼碰著肥雞一般，拾起了兩支笛子，巴不得一下就吹起兩支來。但是，當他將要吹的時候，忽然看到在每支笛上，都寫著「不能亂吹」四個金字。

啊！可憐的一光喲！他正站在那歡欣的高山上，忽然將他拉到無底的苦海裡去了！

正在這時，那位毒心的痲臉婆騎著一隻白馬，手裡拿著一把閃亮的大刀，如飛一般地追來了。她看見一光，立刻拿起手裡的大刀，正對著他的頭直劈過來。一光看到這種情形，正急得沒有方法逃走，忽然，在頭上有「呼」的一聲，接著有人對他喊道：「現在你快吹那支紅笛子。」這時，一光也來不及思索和看那對他說話的是誰。他馬上拿起手裡的紅笛子，即刻就吹起來了。

啊！這是多麼稀奇呀！一光把笛子一吹，那個正在拿刀來劈他的痲臉婆忽然跳起舞來了。她從馬背上一直跳到那座比刀還要尖利的岩山上。在那裡還是不息地跳著舞著。因此她的衣服，她的裙子，她的鞋和她的身上所有肌肉，都被那尖利的石刀割得細沫粉碎了。她身上的血，流得像瀑布一般地噴占在那峻削的岩石上。她的皮肉被那岩縫裡的荊棘和尖利的石刀割得一塊一塊地滾下來。但是她還不息地亂跳。後來，她實在痛得不能再忍了。於是哀求一光道：「嗄！可愛的小朋友，你不要再吹了吧！你要我家裡所有的一切都可以；但是你不要再吹了！」

一光對於她的要求，完全不表同情。他想：「像你這樣毒心的老太婆，最好的處罰就是這個法子。你想弄死二百個小朋友，都不覺得痛心；難道弄死你一個人，就會有這般難過嗎？」因此他仍舊不斷地吹著他的紅笛子。一直吹到：毒心的麻臉婆，身體上一切的筋肉都被石刀剝光，光得像一條吃了肉的魚骼一般地倒在山岩上，他才停止不吹了。

他騎著麻臉婆的白馬，飛跑著到她家裡去了。

他下了馬，先把所有的牲口都放出去，讓它們在山野裡自由地找它們的食料。他再把麻臉婆所有的房屋，都一個個地打開來看。

最後，他看到一間非常寬大，卻是非常黑暗的房子，他用鎖匙把那間房門一開，覺有一陣非常的陰氣撲出來；他把頭向裡面一看：只見一個個同他差不多大小的小孩子，像燒鴨店裡的燒鴨一般地掛在一個個的架子上。「啊哎！這……」他看到這種可怕的現象，簡直嚇壞了。他叫了一聲啊哎，連忙跑到一個很遠的地方，站在那裡。他這樣想：「哎！這是一個死人的陳列室哩！我倘若不是那匹白馬的幫助，這裡面一定也有我的地位了……」他正想到這裡，忽然又能有「呼」的一聲在他頭上響了。接著就這樣說：「你要想怎麼做，要想什麼，就吹這支白色的笛子；同時心裡在想你所要想的東西。」這是很快的聲音，等一光抬頭向空中探望的時候，早已連影子都沒有了——也許它（？）本來就沒有形色的吧！於是他就吹起那支白笛子，心裡這樣想道：「我要那一百九十九個被毒心婦人弄死的小朋友，一齊都活起來。」

喂！真的喲！那一個個掛在鉤上的小孩子，當一光心裡這樣想著的時候，忽然都一齊從那鉤上跳下來了。他又想：「叫他們一個個都排著隊，走到那個廣大的牧場上去，跳一個世界上最有名的牧羊舞，唱一曲世界上最偉大的牧童的歌。」

啊！真的，真好玩極了。那一百九十九個小孩子，真的都一齊跳起同樣的舞，一齊唱起同樣的歌。這確是最少見而最有趣味的遊戲了。一光的笛子愈吹愈響亮，愈神妙。那許多小天使一般的小朋友，也愈跳愈好看，愈唱愈優美了。這樣，直到他們都覺得有些疲倦的時候，一光才停止他的吹奏。

現在他召集他們來開一個二百個小朋友的大會，他們在大會裡，討論他們的生活，分配這一百里周圍裡的各種工作的負責人，譬如：有的是管牛的，有的是看羊的，有的管理衛生的，有的是料理烹飪的，還有許多的事情是大家輪流的或是合幹的。因此這兩百個小朋友都歡歡喜喜地做著各人應做的工作，個個都自由自在地過著他們的快活的生活了。

有一天，一光正在一個山野裡牧羊的時候，忽然來了一隻極凶暴的獅子。它看見一隻離開了母羊的小羔羊，毫不愛惜地就將它一口吞吃了。這時它的母親剛從遠處回來；她看不到她的可愛的小羊了，她所能看到的：是綠色的草地上，染上一些鮮紅的血跡。因此，他心裡悲痛極了。她巴不得立刻就來痛哭一頓；好借著淚珠來發洩她心中的苦痛。但是她怎麼敢呢？！啊！可憐的母羊喲！她望著那隻殘暴的獅王又吃起她的第二個小羊了。接著又是第三個，第四個，一直吃到她最後的一個，亦是她唯一的一個小羊的時候，她實在不能再忍耐了。雖然這樣，但是可憐的無能力的母羊，還是很恭敬地問獅王說：「王，請你留下我這個唯一的小羊吧……」可是獅王不等她說完，早就一口把那最小的一隻小羊也吞下去了！

啊！這是什麼現象喲！一光看得痛心極了。他發瘋一般地站起來，拿出他的紅笛子，拼命地吹著，一面這樣地想：「我要這隻獅王，像氣球一般地，炸破它的肚子。」果然，「卜」的一聲響，那個又大又厚的獅子肚，忽然像一個輕氣球一般地炸破了。

「我要那些高山，那些房子，人，獸，樹木，蟲，鳥……現在世界上所有的一切東西，都變成一團火光消沒了。」啊！一團火光，好大的一團火光喲！這團如血一般紅的光輝，把一切的高山，房屋，人，獸，草，木……真的都像冰雪一般地消滅了。直到這個世界上連一根草，一條小蟲兒都沒有的時候，一光才又拿出他那支白色的笛子，吹出一種極優美的調子。他心裡這樣想：「用藍色的寶石造起許多同樣的房子；在每座房子裡都有一間很精美的會客室；在會客室裡，有一張用水晶做成的圓桌子；在這張桌子上，放著一盆芬芳而美麗的鮮花。還要一間小圖書室，裡面放著許多好看的圖畫，故事，笑話，童話。還要有一個玩具的陳列室，在這個房間裡，有靈巧的小汽車，美麗的洋娃娃，好聽的小喇叭和許多好玩的東西。另外在每隔十里遠的地方，有一個音樂館。一個大圖書館，一個遊戲場和一個極講究的公園。這個公園是用水晶來建築房頂，用血紅的瑪瑙來做圍牆，用夜明珠來造一所在池塘裡的八角亭，還有各樣各色的花卉，布置在各處。有會奏樂的樹，會唱歌的小鳥，會同人握手、講話的兔子。此外還有幾千萬萬盞能夠叫別個星球裡都會看得到的電燈。……

啊！啊！這是多麼好玩呀！他想到房子，房子就來了。他想到公園，公園就造好了。他想到電燈，汽車，飛機……都立刻就有了。啊！真的都有了喲，在這個火燒過的世界上，一忽工夫，什麼都有了，他丟了笛子，連忙跑進一座房子。一看這屋子裡面，所有的東西都和他所想的一樣。在每間房間上，都寫著各種名字。一光看著有「玩具陳列室」的一間，就進去。他在那裡面看到他所想要的一切好玩的東西。他先吹著一支小喇叭，再打一套鑼鼓，又玩了一下小汽車。哈！好玩極了。他關上了門，又到一座極美麗的公園裡。他坐在那柔軟的綠草地上，聽著那會奏樂的樹，彈著一曲極幽靜的歌曲。他坐在那池水當中的八角涼亭上，看著池塘裡的金魚在碧波裡做著各種各樣新奇的遊戲。他又和像雪一般白的可愛小兔子握手，講種種有趣味的故事。但是不知道為了什麼，他還覺得不很快樂，而且感覺到非常的寂寞了！

他想：「這個世界上，還缺少些什麼呢？」這是他時常這樣對自己問的。但是他總想不出一句回答的話和他不快樂的原因。最後，他想著了：「啊！我忘記了。我一個人在這裡快活，那一百九十九個小朋友，卻在那裡忙著做工呢！」

但是到哪裡去找呢？那原來的房子，連一點形影都不見了。那一百九十九個小朋友，也不知道跑到什麼地方去了。這時候，他才想起：「啊喲！他們一定也是被那團火光燒死了！」接著他又這樣想道：「不要緊，我可以用笛子召回他們，並且還要有無數萬的同我差不多大小的小朋友陪著他們來。我們要一個時間來開一次全體的娛樂大會。好叫我們個個都有甜蜜的糖果吃，都有快樂的日子過。」於是他連忙去找他的笛子，預備馬上就吹。但是找遍了地方，那兩支笛子是怎麼樣也找不到了。

呵！呵！現在的一光是多麼愁悶喲！有這樣的一個好世界，只有他一個人住在那裡，有那許多好玩的玩具，有那許多有趣味的故事，好看的圖書，有那末樣精麗的公園，有那許多華美的房屋和明亮的電燈。還有……但是有什麼用呢？一光是沒有心去享受這一切的幸福了。他整天只覺得寂寞，憂愁。後來他發明了一種電光報，他把自己所經過的一切和現在的一切情形，都很詳細地寫在天空中——這就是我們在黑夜裡所看到的那滿天燦爛的繁星。他想叫全宇宙裡一切的星球上的人，都能夠看到他的消息。他非常盼望一切的小朋友們都到他那裡去：同他在一塊兒玩，在一塊兒讀書，在一塊兒工作。

現在，我的故事講完了。

可愛的小朋友！我希望你們去安慰那位可愛的一光吧！

一九二九，八，一，在南京。

臺灣版後記

為重寫中國兒童文學史做準備

眉睫（簡體版書系策畫）

二〇一〇年，欣聞俞曉群先生執掌海豚出版社。時先生力邀知交好友陳子善先生參編海豚書館系列，而我又是陳先生之門外弟子，於是陳先生將我點校整理的梅光迪講義《文學概論》（後改名《文學演講集》）納入其中，得以出版。有了這個因緣，我冒昧向俞社長提出入職工作的請求。俞社長看重我對現代文學、兒童文學研究的能力，將我招入京城，並請我負責《豐子愷全集》和中國兒童文學經典懷舊系列的出版工作。

俞曉群先生有著濃厚的人文情懷，對時下中國童書缺少版本意識，且缺少人文氣質頗不以為然。我對此表示贊成，並在他的理念基礎上深入突出兩點：一是以兒童文學作品為主，尤其是以民國老版本為底本，二是深入挖掘現有中國兒童文學史沒有提及或提到不多，但比較重要的兒童文學作品。所以這套「大家小書」，頗有一些「中國現代兒童文學史參考資料叢書」的味道。此前上海書店出版社曾以影印版的形式推出「中國現代文學史參考資料叢書」，影響巨大，為推動中國現代文學研究做了突出貢獻。兒童文學界也需要這麼一套作品集，但考慮到兒童讀物的特殊性，影印的話讀者太少，只能改為簡體橫排了。但這套書從一開始的策劃，就有為重寫中國兒童文學史做準備的想法在裡面。

為了讓這套書體現出權威性，我讓我的導師、中國第一位格林獎獲得者蔣風先生擔任主編。蔣先生對我們的做法表示相當地贊成，十分願意擔任主編，但他畢竟年事已高，不可能參與具體的工作，只能以書信的方式給我提了一些想法，我們採納了他的一些建議。書目的選擇，版本的擇定主要是由我來完成的。總序也由我草擬初稿，蔣先生稍作改動，然後就「經典懷舊」的當下意義做了闡發。可以說，我與蔣老師合寫的「總序」是這套書的綱領。

什麼是經典？「總序」說：「環顧當下圖書出版市場，能夠隨處找到這些經典名著各式各樣的新版本。遺憾的是，我們很難從中感受到當初那種閱讀經典作品時的新奇感、愉悅感、崇敬感。因為市面上的新版本，大都是美繪本、青少版、刪節版，甚至是粗糙的改寫本或編寫本。不少編輯和編者輕率地刪改了原作的字詞、標點，配上了與經典名著不甚協調的插圖。我想，真正的經典版本，從內容到形式都應該是精緻的、典雅的，書中每個角落透露出來的氣息，都要與作品內在的美感、精神、品質相一致。於是，我繼續往前回想，記憶起那些經典名著的初版本，或者其他的老版本——我的心不禁微微一震，那裡才有我需要的閱讀感覺。」在這段文字裡，蔣先生主張給少兒閱讀的童書應該是真正的經典，這是我們出版本套書系所力圖達到的。第一輯中的《稻草人》依據的是民國初版本、許敦谷插圖本的原著，這也是一九四九年以來第一次出版原版的《稻草人》。至於解放後小讀者們讀到的《稻草人》都是經過了刪改的，作品風致差異已經十分大。俞平伯的《憶》也是從文津街國家圖書館古籍館中找出一九二五年版的原著來進行重印的。我們所做的就是為了原汁原味地展現民國經典的風格、味道。

什麼是「懷舊」？蔣先生說：「懷舊，不是心靈無助的漂泊；懷舊也不是心理病態的表徵。懷舊，能夠使我們憧憬理想的價值；懷舊，可以讓我們明白追求的意義；懷舊，也促使我們理解生命的真諦。它既可讓人獲得心靈的慰藉，也能從中獲得精神力量。」一些具有懷舊價值、經典意義的著作於是浮出水面，比如孤島時期最富盛名的兒童文學大家蘇蘇（鍾望陽）的《新木偶奇遇記》；大後方為少兒出版做出極大貢獻的司馬文森的《菲菲島夢遊記》，都已經列入了書系第二批順利問世。第三批中的《小哥兒倆》（凌叔華）《橋（手稿本）》（廢名）《哈巴國》（范泉）《小朋友文藝》（謝六逸）等都是民國時期膾炙人口的大家作品，所使用的插圖也是原著插圖，是黃永玉、陳煙橋、刃鋒等著名畫家作品。

中國作家協會副主席高洪波先生也支持本書系的出版，關露的《蘋果園》就是他推薦的，後來又因丁景唐之女丁言昭的幫助而解決了版權。這些民國的老經典，因為歷史的原因淡出了讀者的視野，成為當下讀者不曾讀過的經典。然而，它們的藝術品質是高雅的，將長久地引起世人的「懷舊」。

經典懷舊的意義在哪裡？蔣先生說：「懷舊不僅是一種文化積澱，它更為我們提供了一種經過時間發酵釀造而成的文化營養。它對於認識、評價當前兒童文學創作、出版、研究提供了一份有價值的參照系統，體現了我們對它們的批判性的繼承和發揚，同時還為繁榮我國兒童文學事業提供了一個座標、方向，從而順利找到超越以往的新路。」在這裡，他指明了「經典懷舊」的當下意義。事實上，我們的本土少兒出版是日益遠離民國時期宣導的兒童本位了。相反地，上世紀二三十年代的一些精美的童書，為我們提供了一個座標。後來因為歷史的、政治的、學術的原因，我們背離了這個民國童書的傳統。因此我們正在努力，力爭推出真正的「經典懷舊」，打造出屬於我們這個時代的真正的經典！

但經典懷舊也有一些缺憾，這種缺憾一方面是識見的限制，一方面是因為審稿意見不一致。起初我們的一位做三審的領導，缺少文獻意識，按照時下的編校規範對一些字詞做了改動，違反了「總序」的綱領和出版的初衷。經過一段時間磨合以後，這套書才得以回到原有的設想道路上來。

欣聞臺灣將引入這套叢書，我想這對於臺灣人民了解大陸的兒童文學是有幫助的。林文寶先生作為臺灣版的序言作者，推薦我撰寫後記，我謹就我所知，記述於上。希望臺灣的兒童文學研究者能夠指出本書的不足，研究它們的可取之處，為重寫兩岸的中國兒童文學史做出有益的貢獻。

二〇一七年十月於北京

眉睫，原名梅杰，曾任海豚出版社策劃總監，現任長江少年兒童出版社首席編輯。主持的國家出版工程有《中國兒童文學走向世界精品書系》（中英韓文版）、《豐子愷全集》《民國兒童文學教育資料及研究》，主編《林海音兒童文學全集》《冰心兒童文學全集》《豐子愷兒童文學全集》《老舍兒童文學全集》等數百種兒童讀物。二〇一四年度榮獲「中國好編輯」稱號。著有《朗山筆記》《關於廢名》《現代文學史料探微》《文學史上的失蹤者》，編有《許君遠文存》《梅光迪文存》《綺情樓雜記》等等。

民國時期經典童書 A0801019

紅葉童話集

作　　者 一　葉
版權策劃 李　鋒

發 行 人 陳滿銘
總 經 理 梁錦興
總 編 輯 陳滿銘
副總編輯 張晏瑞
編 輯 所 萬卷樓圖書(股)公司
特約編輯 沛　貝
內頁編排 小　草
封面設計 小　草
印　　刷 百通科技(股)公司

出　　版 昌明文化有限公司
桃園市龜山區中原街 32 號
電　　話 (02)23216565
發　　行 萬卷樓圖書(股)公司
臺北市羅斯福路二段 41 號 6 樓之 3
電　　話 (02)23216565
傳　　真 (02)23218698
電　　郵 SERVICE@WANJUAN.COM.TW
大陸經銷
廈門外圖臺灣書店有限公司
電郵 JKB188@188.COM

ISBN 978-986-496-074-3
2017 年 12 月初版一刷
定價：新臺幣 180 元

如何購買本書：
1. 劃撥購書，請透過以下帳號
帳號：15624015
戶名：萬卷樓圖書股份有限公司
2. 轉帳購書，請透過以下帳戶
合作金庫銀行古亭分行
戶名：萬卷樓圖書股份有限公司
帳號：0877717092596
3. 網路購書，請透過萬卷樓網站
網址 WWW.WANJUAN.COM.TW
大量購書，請直接聯繫，將有專人為您服務。(02)23216565 分機 10

如有缺頁、破損或裝訂錯誤，請寄回更換

國家圖書館出版品預行編目資料

紅葉童話集 / 一葉著 .
-- 初版 . -- 桃園市 : 昌明文化出版 ;
臺北市 : 萬卷樓發行 , 2017.12
116 面 ; 14.5×21 公分 . -- (民國時期經典童書)
ISBN 978-986-496-074-3(平裝)
859.08　　106024149